दुखाँ दी कटोरी
सुखाँ दा छल्ला

दुखाँ दी कटोरी
सुखाँ दा छल्ला

रूपा सिंह

वाणी प्रकाशन

सजिल्द प्रथम संस्करण : 2023

वाणी प्रकाशन
4695, 21-ए, दरियागंज, नयी दिल्ली 110 002
फ़ोन : +91 11 23273167 फ़ैक्स : +91 11 23275710

शाखाएँ

अशोक राजपथ, पटना 800 004, बिहार

कॉफ़ी हाउस कैम्पस, महात्मा गाँधी मार्ग, इलाहाबाद 211 001, उत्तर प्रदेश

महात्मा गाँधी अन्तरराष्ट्रीय हिन्दी विश्वविद्यालय, वर्धा 442 001, महाराष्ट्र

36/ए, शेक्सपीयर सरणी, रानी बिरला गर्ल्स कॉलेज के पास, कोलकाता 700 017, प. बंगाल

www.vaniprakashan.com
marketing@vaniprakashan.in
sales@vaniprakashan.in

Dukhan Di Katori : Sukhan Da Chhalla
by Rupa Singh

ISBN : 978-93-5518-906-6
Collection of Stories

मूल्य : ₹ 399

आर. टेक ऑफ़सेट प्रिंटर्स, दिल्ली-110 032 में मुद्रित

वाणी प्रकाशन का लोगो मक़बूल फ़िदा हुसेन की कूची से

जंगल के वही पक्षी बेवफ़ा हैं
जिन्होंने अपनी भरपूर उड़ान
को स्थगित कर दिया है।

लोक संवेदना और जीवन यथार्थ की मार्मिक उपस्थिति

हिन्दी कहानी में और खासकर नयी सदी के युवा लेखन में लेखिकाओं को एक अजीब सी मन:स्थिति से गुज़रना पड़ा है, बल्कि वह स्थिति अभी भी बनी हुई है। स्त्री विमर्श या स्त्री स्वतन्त्रता को लेकर कहानी में पुरुष आलोचना के प्रतिमानों की अर्थ छवियों के बीच अपने लेखन की सार्थकता को मुदित मन से देखती या फिर विरोध में असहमति प्रकट करती हैं। अधिकांश लेखिकाओं की असहमति वैचारिक द्वन्द्वात्मकता की ओर राह बनाने की अपेक्षा सनसनी की ललक की तरफ़ चली गयी। नयी पीढ़ी की जिन थोड़ी-सी लेखिकाओं ने विचार, अनुभव और जीवन यथार्थ को रचनात्मक कौशल के साथ कहानी का हिस्सा बनाया, उनमें रूपा सिंह का नाम प्रमुख रूप से है।

रूपा सिंह की कहानियों में जो स्त्री आती है, वह प्राय: मध्यवर्ग की स्त्री है, जिसके विरोध की भंगिमा बिल्कुल भिन्न है, लेकिन इस विरोध की भंगिमा में लेखिका के सामाजिक सरोकारों के सन्दर्भ सहज ही आ जाते हैं। ये सामाजिक सन्दर्भ विचार की ज़रूरत की अपेक्षा कहानी की ज़रूरत को पूरा करते हैं। साथ ही अपनी पूर्ववर्ती पीढ़ी की आधुनिकता बोध की रूढ़ियों से अपनी रचनात्मकता में असहमति प्रकट करती है। यह असहमति प्रदर्शन प्रियता की परम्परा से निकले फैशन का बोध नहीं है। यही कारण है कि इन कहानियों में स्त्री जीवन की कहानियों के अतिरिक्त

ऐसी कहानियाँ भी हैं, जो स्त्री-अनुभव की प्रचलित फ्रेम से बाहर जाकर यथार्थ के बोध के ताप की आँच में सामाजिक यथार्थ को उसके पूरे परिवेश के साथ प्रस्तुत करती हैं।

दैहिक सम्बन्धों की अभिव्यक्ति के खुलेपन में पुरुष लेखन से प्रतिस्पर्धा के आवेशित मोह में वस्तुस्थिति की ज़रूरत के ख़िलाफ जाकर रचना को अधिकांश लेखिकाओं ने एक निरर्थक साहस में रिड्यूस किया। यह बहुत भली बात है कि रूपा सिंह ऐसे मोह से ख़ुद को पृथक करके कहानी के यथार्थ और उसके जीवन को बचाने में सफलता हासिल की है।

परिवेश को लेकर जो सहज सजगता इन कहानियों में है, वह रूपा सिंह के नवलेखन के सन्दर्भ में रेखांकित की जा सकती है। इसे यदि अतिरेक न माना जाये तो कृष्णा सोबती के बाद हिन्दी में रूपा सिंह ऐसी युवा लेखिका हैं जिनकी कहानियों में पंजाब का लोक सहजता से सुरक्षित स्पेस पाता है। यह स्पेस बनाने के लिए रूपा सिंह पंजाबी के जिन सहज मुहावरों का इस्तेमाल करती हैं, वह कहानी को दुरूहता से बचाता है। लोक का सहज प्रयोग कहानी की सम्प्रेषणीयता में बाधा खड़ी नहीं करता है, ऐसा कथा कौशल थोड़ा कठिन काम है। 'दुखाँ दी कटोरी : सुखाँ दा छल्ला' कहानी प्रेम, ममत्त्व और त्याग की ऐसी ही कहानी है, जिसमें विभाजन के दुख और पंजाब के लोक की महक है। यह कहानी बेबे के बहाने एक स्त्री के जीवन को उसके पूरे सामाजिक सन्दर्भ को प्रस्तुत करती है। यह कहानी अपने प्रकाशन के बाद बेहद चर्चित रही है। एक लम्बे अरसे के बाद पंजाब के लोक के सुख-दुख की ऐसी मार्मिक लय सामने आयी है। इस कहानी की काव्योपकरणों से निर्मित भाषा बेबे के साथ चरित्र की सघनता को समझने में मदद करती है। इस तद्भव बहुल भाषा के प्रयोग से पूरा परिवेश अपने वैभव के साथ प्रकट होता है।

लोक की छाया की उपस्थिति के भीतर से यह कहानी आधुनिकता का तत्त्व भी खोजने की कोशिश करती है। इस कहानी को प्रभावी बनाने वाला प्रमुख तत्त्व इसका विषय ही नहीं, संवेदना भी है। जिसके भीतर

मानवीय यथार्थ को स्त्री जीवन के सन्दर्भ में उसके अन्तर्विरोधों के बीच देखने की कोशिश की गयी है। जैसे जीवन यथार्थ की सम्पूर्णता का अक्षरश: कथा अनुवाद सम्भव नहीं है। उसी प्रकार संवेदना का अतिरेक भावुकता के मोह की ओर ले जाता है। यह कहानी इस अतिरेक से बची है। इसी तरह दूसरी कहानियों में भी परिवेश के सन्दर्भ में कथावस्तु की ज़रूरत की स्थिति को लेकर कहानी के व्यवहार को ही यथार्थ की पहचान दी गई है। इस पहचान के लिए जिस कथा दृष्टि की ज़रूरत होती है, वह दृष्टि अपनी कथा मर्यादा के साथ इन कहानियों में मौजूद है। इन कहानियों में समकालीनता और परम्परा के द्वन्द्व के बीच यह कथा दृष्टि मौजूदा यथार्थ से सम्बद्ध होने के बावजूद उस सच तक पहुँचती है, जो मानवीय यथार्थ का प्रतिरूप है। सम्भवत: इसी कारण अपने कहने में आन्तरिक होने के उपरान्त ययार्थ की इस पहचान तक पहुँचने के श्रम और कौशल में यह कहानियाँ बहुस्तरीय हो जाती हैं।

'तीन बजकर चालीस मिनट' और 'घाघरिया घूमो रे' कहानियों में इस श्रम को देखा जा सकता है। इन कहानियों में सरोकार से थोड़ा आगे आकर मानवीय गरिमा के संघर्ष का द्वन्द्व देखा जा सकता है। इसलिए इन कहानियों के सरोकार स्वर मानवीय नियति और गरिमा के सन्दर्भ में कहीं अधिक गहरी गूँज लिये हैं। यह सरोकार यातना और गहरी पीड़ा से पैदा हुए हैं, उनके सम्बन्ध एक साझा संस्कृति और सहज जीवन की इच्छा से भी जुड़े हैं। इन अधिकांश कहानियों में प्रभाव की जो समग्रता है, वह काफ़ी हद तक भाषिक संरचना पर भी निर्भर है, लेखिका ने अपने समय और समाज के यथार्थ को उस सुख-दुख के प्रकटीकरण के लिए पंजाबी भाषा की शैली और शब्दावली के उपयोग से कहानियों में उसकी सार्थकता की सीमा रेखा का विस्तार किया है।

और इस सारे उपक्रम में कहीं भी कथा नैतिकता भंग नहीं हुई हैं। दिलचस्प तो यह भी है कि ये कहानियाँ अपने पाठ के बाद पाटक की स्मृतियों का हिस्सा होने के जतन में सहज ही सफल होने लगती हैं।

अलग-अलग विषयों में उद्घाटित ये कहानियाँ मानवीय मूल्यों पर बदलते समय के प्रभाव के उपरान्त जीवन मूल्यों पर लेखिका की संवेदनात्मक आस्था कहन में अपने स्वरूप को स्पष्ट करती रहती है। यह एक किस्म का कला संयम है जो रचना को भावुकता की धार में छोड़ने की अपेक्षा रचनात्मक अनुशासन से सँभाल कर रखता है। इसलिए इन कहानियों में समय सापेक्ष यथार्थ या जीवन अनुभव के कथ्यात्मक रूपान्तरण के लिए रचना दृष्टि की उपस्थिति पूरी तरह से बनी हुई है। ये कहानियाँ एक तरह से उसी रचना दृष्टि के आख्यान हैं, जिनमें जीवन यथार्थ की परतें धीरे-धीरे खुलती जाती हैं। इस तरह रचना अपने कहने में एक नयी भंगिमा में रूपायित होती है।

यह रचना दृष्टि रचना में दाख़िल होकर लेखिका की जीवन दृष्टि के अर्थ खोलती है। दरअसल, रचना दृष्टि को लेखक सरोकार से पृथक करके नहीं देखा जा सकता है। इस सन्दर्भ में इन कहानियों की चिन्ता कॉलेज की राजनीति, साम्प्रदायिकता, स्त्री जीवन के सुख-दुख और निम्न या मध्य वर्ग में बच्चों की स्थिति आदि विभिन्न विषयों और कथा सन्दर्भों में फैली हुई है। ये मानवीय मार्मिकता के आग्रह रचनात्मक स्तर पर इसलिए प्रासंगिक हो जाते हैं कि वे समय के सच को एक मज़बूत परिस्थितिगत आधार देने में सफल हो जाते हैं। इसका आशय यह बिल्कुल नहीं है कि इन सबको मिलाकर एक वर्ग विशेष की आंचलिकता को उनकी जातीय अस्मिता के साथ प्रकट भर करना है। ऐसी रचनाओं में लेखकीय संवेदना का आधार और मंशा जीवन व्यवहार और उसके अन्तर्विरोध यानी समूची सांस्कृतिक स्थितियों को शामिल करना होता है।

इसके लिए लेखक को परिवेश में उतर कर परिदृश्यात्मक विस्तार के लिए भाषिक संरचना भी उसके समानान्तर रचनी होती है, क्योंकि रचना की प्रकृति और प्रक्रिया की पहचान का एक महत्त्वपूर्ण भाग उसकी भाषा ही होती है। इसी से रचना और पाठ का एक द्वन्द्वात्मक

रिश्ता भी कायम होता है। कहना न होगा कि कथा प्रभाव की दृष्टि से भाषा कथ्य से मुलायम रिश्ता कायम करती है और कथ्य को उसकी समग्रता में सम्प्रेषित करने में अपने को जतन करती है। दरअसल, ऐसी रचनाओं को परम्परागत सामाजिक संस्कारों से बाहर आकर कला के संस्कारों और विश्वास में देखना होता है और इस देखने में यथार्थ के प्रति लेखक की संवेदना और निरपेक्ष दृष्टि की पड़ताल आसान होती है। इन कहानियों में रूपा सिंह की निरपेक्ष दृष्टि और आत्म संघर्ष नजर आता है, जो रचना की नैतिकता बनाये और बचाये रखने के लिए जरूरी होता है। इन रचनाओं का निर्माण खरी संवेदना और मानवीय मार्मिकता के उपकरणों से हुआ है, जो आज बहुस्तरीय होते जा रहे समय में जरूरी है। निश्चित रूप से इन कहानियों को एक भिन्न पहचान देने वाला तत्त्व वह स्त्री दृष्टि है, जो विभिन्न विषयों में उनके भीतरी यथार्थ को देखकर उसमें गहरा दख़ल देते हुए उसकी आन्तरिकता को प्रकट करती है। रूपा सिंह की ये कहानियाँ किसी सामान्य सूत्र से व्याख्यायित नहीं की जा सकती हैं, क्योंकि वे अपनी प्रकृति में इतनी भिन्न हैं कि ऐसे सरलीकरण की अनुमति नहीं देती हैं। यह रूपा सिंह का पहला कहानी संकलन है। यदि इन कहानियों ने उनके लेखन के प्रति उम्मीद बढ़ा दी है, तो निश्चित रूप से आगे का रास्ता उनके लिए और कठिन है और इस कठिन रास्ते को उन्हें अपने श्रम से अपनी रचनात्मकता में ही तलाशना होगा। बहुत सारी शुभकामनाएँ।

—भालचन्द्र जोशी

13, एच.आई.जी., ओल्ड हाउसिंग बोर्ड कॉलोनी
जैतापुर, खरगोन-451001, (म.प्र.)
मो : 8989432087

अनुक्रम

लकीरें

'ख़ून, ख़ून ... दौड़ो, दौड़ो ...।'

मैं चीख़ रही थी।

वह एक ऐतिहासिक धरोहर थी। शिमला के राष्ट्रपति भवन की। सामने थी बड़ी-सी गोल मेज़। तीन कुर्सियाँ इर्द-गिर्द। गाइड बता रहा था–यदि ग़ौर से देखिएगा तो इस गोल मेज़ के बीचों-बीच एक लकीर दिखेगी। यह लकीर बहुत महत्त्वपूर्ण है, जिसने बाँट दिया मुल्क को। यह लकीर जिन्ना के हाथों खिंची हुई है। जिन्ना?

जिन्ना?

मेरे कान खड़े हो गये। दिल एकदम बैठ गया। गाइड की आवाज़ गूँज रही थी–ग़ौर से देखिये। इस गोल मेज़ के बीचों-बीच एक लकीर है, जिसके एक तरफ़ हिन्दुस्तान है और दूसरी -तरफ़ पाकिस्तान। यहीं बैठे थे—गाँधी, नेहरू और जिन्ना। यहीं लिया गया था फ़ैसला। आज़ाद भारत के टुकड़े करने का और यही वह मेज़ है, जिसके बीचों-बीच जिन्ना ने खींच दी थी वह लकीर।

नीचे झुक आयी मैं। इस लकीर पर उँगली फिरानी चाही और एक तेज़ धार ने जाने कहाँ से मुझको काट डाला। दूर से आती एक कातर आवाज़ पुराने जख़्मों के सीवन उधेड़ने लगी—

'असाँ हुण टुर जाणा वे ... दिन रह गये थोड़े।'

नीचे टप-टप बहता ख़ून।

ख़ून देखकर मेरे भीतर उतर आयी वह बेबे, जो लाल रंग देखते ही चीख़ने लगती—'ख़ून, ख़ून... दौड़ो, दौड़ो...।' गाइड ने तपाक से मेरी उँगली पकड़ अपने हाथों में दबा ली–'अरे, मैडम जी घबड़ाने का नहीं। अभी ठीक हो जायेगा। उसने ज़ख़्म पर अपनी उँगलियों का दबाव बढ़ा दिया। मैं सीत्कारती हौले से अपना हाथ छुड़ाती बाहर निकल आयी।

रात में शायद बारिश हुई थी। शिमला की पहाड़ियाँ ठंड से खुनक रही थीं। बादलों का सुरमई रंग मन के तहख़ानों का अँधेरा बढ़ा रहा था। बहुत चाहा कि अपना मन वापस बचे अध्यायों को पूरा लिखने में लगाऊँ, लेकिन कलेजे में तो कोई और ही पन्ना फड़फड़ा रहा था।

बेबे के बरामदे में भी तो ऐसे ही तीन सफ़ेद मोढ़े पड़े होते थे और बीच में होती थी एक गोल मेज़। मुझे आज तक नहीं भूल पाती वह काली अँधेरी रात। उस गोल मेज़ पर पड़ी थी ख़ून सनी, सुनहरे मूठ वाली लम्बी धारदार कैंची। लाल ख़ून अभी सूखकर कत्थई नहीं हुआ था। ख़ून देखते ही जो बेबे डर के मारे चीख़ने लगती थी; आज वह चुप जड़वत् खड़ी थीं। जिस दरवाज़े को ठेलकर सुरसती ब्राह्मणी उस कैंची को मेज़ पर पटक गयी थी, अब तक उसी दरवाज़े से बेबे की गालियों की बौछार आ जानी चाहिए थी। लेकिन यह क्या? वह हौले से अपनी जगह से उठी और कैंची थामे परले दरवाज़े की ओर चल पड़ी। चारों तरफ़ सुन्न-सन्नाटा था। मेरा मन बार-बार नीले दरवाज़ों वाली उस अलमारी में अटक रहा था।

हमारी गली अपने वतन को छोड़कर आये उन रिफ़्यूजियों की थी, जो विभाजन के बाद दर-बदर भटकते, अनेक शहरों के नारकीय कैंपों में बसर करते, अन्ततः सरकार की सहायता से कुछ गलियों में बसने को विवश हुए। आसपास की गलियों में ही लिखना-पढ़ना, व्यापार और शादी-ब्याह सब हो जाते। अमृतसर के बेदी मुहल्ले में कृष्णा टॉकीज के निकट ऐसी ही तीन गलियाँ थीं। पहली गली में संयोग से तीनों बचपन

की सहेलियाँ संग-साथ आन बसी थीं—हमारी बेबे, भग्गो मासी और सुरसती ब्राह्मणी। गली के तिरछे मोड़ पर, जिसका घर बसा वह था टोपण मास्टर का, जिसे पार करने के बाद ऐसी ही दो गलियाँ और थीं और फिर स्थानीय बाज़ार शुरू हो जाता। गली वालों का मुख्य बाज़ार तो टोपण मास्टर का खुले आँगनों वाला वही घर था, जिसमें अविवाहित टोपण अपने भाई के ख़ुशहाल परिवार के साथ रहते। उन लोगों ने आँगन को घेर कर, शेल्टर लगा दैनन्दिन की उपयोगी वस्तुओं की दुकान खोल ली थी और साथ ही वे ख़ुद मुहल्ले के बच्चों को गणित, उर्दू और अंग्रेज़ी की ट्यूशन देते। शाम होते ही उनका घर बच्चों के कोलाहल और जवान स्त्रियों के जमावड़े से भर जाता जो नये-नये सलवार सूट के डिजाइन सिलवाने वहाँ आती-जाती रहतीं। न जाने हमारे परिवार से इनका क्या छत्तीस का आँकड़ा था कि बेबे हम भाई-बहनों को इनके घर नहीं फटकने देती। हमारा सौदा-सुल्फ भी स्थानीय बाज़ार से ही आता। सफ़ेद बालों और सफ़ेद सुत्थन पहने सुर्ख गालों और भिंचे होंठों वाले टोपण मास्साब वैसे तो गलियों में कम दिखते, लेकिन उनके कारोबार की दिन-दूनी रात चौगुनी तरक्की सबको ख़ूब नज़र आती। सब कहते, उसे ख़ूब पैसे वाला बनने की चुपीती धुन है और शायद इसी जुनून में वह लोहड़ी वाली उस रात भी न दिखता, जब पूरी गली की लोहड़ी माई ठीक उसके घर के सामने बलती। तीनों गलियों के लोग जमा होते, जहाँ हमारी बेबे, भग्गो मासी, सुरसती ब्राह्मणी अन्य स्त्रियों के साथ ख़ूब-ख़ूब गीत गातीं, ढोल बजते, नयी फ़सल के फुल्ले चुने जाते और बधाइयों का शोर होता। बस, वह नहीं निकलता तो नहीं ही निकलता बाहर।

मन के भीतरी परतों से कई सवाल बादलों की तरह तिरते सामने आते, उससे पहले मैं घबड़ाकर बाहर निकल आयी। विदेशी टूरिस्टों का एक बड़ा समूह रंग-बिरंगे परिधानों में अपने कैमरों से फ्लैश चमकाता इधर-उधर घूम रहा था। शिमला का यह राष्ट्रपति भवन ऐसी ऐतिहासिक

इमारत है, जिसे वायसराय डफरिन ने सन् 1884-88 में पॉल गॉथिक शैली में बनवाया था। स्वतन्त्रता प्राप्ति के पश्चात्, राष्ट्रपति राधाकृष्णन जी ने 1964 में इसे शिक्षा मन्त्रालय के अधीन कर उच्च अध्ययन संस्थान के रूप में विकसित करने का निश्चय लिया। यत्र-तत्र दीवारों पर स्वतन्त्रता-पूर्व की हलचलों और तत्कालीन हालातों की लगीं तस्वीरें, इस इमारत की ऐतिहासिक महत्ता को सिद्ध करती हैं। वैसे भी शिमला-समझौतों की गोलमेज़ कॉन्फ्रेंस पर लिया गया पाकिस्तान और पूर्वी पाकिस्तान का फ़ैसला कौन भारतवासी भूल सकता है। जब आज़ादी के बाद मुल्क अपनी फटेहाल स्थिति पर जार-जार रो रहा था। मेरे कुछ स्कॉलर साथी उचित सरकारी माध्यम से चयनित होकर यहाँ शोध/अनुसन्धान/प्रोजेक्ट्स लिखने आये थे। पहली ही फुरसत में बाक़ी सभी मित्र इस इमारत के भीतरी और बाहरी हिस्सों को देख आये थे। उन सबके तमाम इसरार के बावजूद मैं अभी तक इतिहास के इन गलियारों में नहीं जा सकी थी। कौन कहता है अतीत की स्मृतियाँ सदैव सुखद होती हैं। ज़ख़्मों पर जब पपड़ियाँ चढ़ जायें, उन्हें कुरेदना फिर दोगुने दर्द को पाना ही तो है। पर्याप्त समझदार थी मैं, लेकिन आज बाहर और भीतर के अन्धेरों से जाने कैसी फ्लैश लाइटें जल-बुझ रही थीं कि बिना ज़्यादा कुछ सोचे टूरिस्टों और गाइड के साथ बाहर घूमने निकल आयी।

पूरी इमारत हमारे महत्त्वपूर्ण राजनेताओं और अंग्रेज़ वायसरायों और उनके परिवार के सदस्यों की श्वेत-श्याम तस्वीरों से अटी पड़ी थीं। गाँधी जी, नेहरू, सीमान्त गाँधी, कस्तूरबा, प्रभावती के साथ अंग्रेज़ बहादुरों की डाइनिंग, सुबह-शाम की सैर, आपसी बातचीत, हाथ से खींचने वाले रिक्शे, सभाओं की भीड़ और भाषण देते नेतागण, पटेल, लाजपत राय के साथ जिन्ना की भी कई भावभंगिमाओं के फोटो लगे हुए थे। नीचे कई सीढ़ियाँ पार करने पर तहख़ानों में सीलन भरे मोटे सीखचों वाले काले अँधेरे जेल थे। आज़ादी के दीवानों को यहाँ क़ैद रखा जाता था।

कहते हैं, यहाँ रातों को अभी भी सिसकियों की आवाज़ गूँजा करती हैं। थ्रिल की खोज में थोड़ा और नीचे झाँका तो एक कोने में अलग से रखी एडविना की कई तस्वीरों को देख सहसा रुक गयी। आधी फटी तस्वीरें गाइड ने बताया कि लोकापवाद न हो, इसलिए नेहरू के साथ एडविन की इन तस्वीरों को किसी तरह अलग कर दिया गया है। अचानक मेरा मन बेबे के काँपते हाथों में पसीज कर गोला बन चुके उस अधफटी तस्वीर पर जा टिका, जिसका आधा टुकड़ा बड़ी शान से बेबे के कमरे की दीवारों पर शोभायमान था।

बेबे का वह परला कमरा भी अपने आपमें मानो एक तहख़ाना था, जहाँ पीले मद्धिम बल्ब का प्रकाश घुटी साँसों को दरवाज़े की दरारों से बाहर फेंक दिया करता। कमरा अधिक बड़ा न था और न ही उसमें अधिक सामान था। लकड़ी का एक थोड़ा बड़ा झूला, जिसके पायों से पॉलिश उतर आयी थी, लेकिन लटकने वाले सतरंगी बॉल की थिरकन में हम सब बच्चों की तीन-चार वर्ष की आयु तक सतरंगी सुकूनी नींद, उसमें घुली थी। उस ख़ाली झूले में अब नारंगी गोटेदार किनारी वाले साटन के कपड़े में गुरुग्रन्थ साहब शोभा बढ़ाते। साथ ही छोटे-बड़े गुटके-सुखमनी साहब, जपुजी साहेब जी का भी अब वह आसन था। किनारे बेबे की मँझी थी, जिस पर साफ़ सफ़ेद चद्दर बिछी होती और ठीक उसके सामने लगी थी शीशे के फ्रेम में क़ैद बिहारीलाल जी की वह फोटो, जो शुरू से ही मुझे जाने क्यों लगती कि साथ किसी और की परछांईं भी है, जिसे अब वहाँ से काटकर अलग कर दिया गया है। इन सबके अलावा सबसे रोमांचक वस्तु जो उस कमरे की थी वह थी, मँझी के किनारे दीवार में जड़ी नीले दरवाज़ों वाली लकड़ी की वह अलमारी, जिसमें मेरे बचपन के जाने कितने खौफ़, रहस्य, अबूझ कुतूहल और रोमांच एकत्रित थे।

कभी-कभी आधी रात उस कमरे से बड़बड़ाने की आवाज़ें आतीं और एक कातर दर्द भरी आवाज़ मुझे बेचैन कर देती। मैं छटपटाकर बिस्तर पर उठकर बैठ जाती। माँ कई बार मेरी बाँह थाम सिर पर हौली

थपकियाँ दे पुनः सुला देने का उपक्रम करतीं। साँस रोके मैं इन्तजार करती और फिर माँ को गच्चा देते हुए धीमे से उठकर पीली रोशनी वाली दरारों में झाँकती। चूँकि मँझी (खाट) बीच में आ जाती, फिर भी जितना जो दिखता, उतना यह होता कि एक तरफ़ सिकुड़ी, सिमटी बेबे बैठी है। सामने नीले दरवाज़ों वाली अलमारी खुली हुई है और पुरानी एक प्लास्टिक की टोकरी से निकली पोटली सामने खुली रखी है। जाने क्या अटरम-सटरम निकालती–रखती बेबे गले में हँसुली-सा हार डाले हाथों में काग़ज़ के कुछ टुकड़ों को दबाये अँखियाँ मीचे कुछ बड़बड़ा रही होतीं। हालाँकि शब्द मेरे कानों में कई बार न पहुँचते, लेकिन धुन अब मैं पहचानने लगी थी–

'असाँ हुण टुर जाणा वे ... दिन रह गये थोड़े ...।'

मैं दम साधे खड़ी रहना चाहती लेकिन हल्की भी खड़कार हो जाये तो उनकी आत्मा उनकी बड़ी आँखों में अटक जाये, बड़ी आँखें और बड़ी होकर दरवाज़े पर– कौ ऽ ऽ न, की टेर लगाती। यह परायी-सी पुकार पर मारे डर के मैं भाग आती और जा चिपकती माँ से। माँ से भला क्या छिपा था? वापस अपने से चिपकाती कहती– 'पाकिस्तान से लेकर आयी हैं, वह अपनी यह पोटली। यही बचा रह गया बस। हम अपने घरों की दीवारों में सोने, चाँदी, रुपये, पैसे दबा आये थे कि जब वापस लौटेंगे, तब इन्हें निकाल लेंगे दीवारों से।' ठंडी साँस लेती माँ ने कभी झोंक में यह भी बताया था कि 'परायों ने तो ख़ूब लूटा ही ऐसे दंगों में अपनों ने भी अपनी वीभत्सता को असली जामा पहनाया। किसके मन में कामना और प्रतिशोध के कैसे बलवे बलते रहते हैं किसे पता? ख़ूब खुन्दक निकाली लोगों ने। तेरे नाना को किसी ने रिफ़्यूजी कैंप में रातों-रात तेज़ हथियार की मूठ मारकर लहूलुहान कर दिया था। गुरु महाराज नाम लेने से बचावे, लेकिन मेरे पिता को छीनने वाला नरकों में जायेगा। वैसे ही मूठ से मारा जायेगा, मेरे बाप का हत्यारा।'

माँ के आँसू और दिल के फफोलों से पूरा कमरा भारी हो जाता और मैं दबकर मर न जाऊँ कि उनकी छाती में मुँह दबा कर चुपचाप सो जाती।

मेरा जन्म तो आज़ाद भारत में हुआ था, लेकिन वतन की बेदखली और ख़ूनी मंजर को झेलकर आये माँ, नानी, दादी के आँगन में, गलियों में, उसी वतन की ख़ुशबू खरबूजे के बीजों की तरह यत्र-तत्र बिखरी हुई थी। ऊपर से फाँक-फाँक, लेकिन अन्दर से वही जुड़ाव। हम बच्चों के लिए राजा-रानी की कहानियाँ, भूत-प्रेत, प्रेम विवाह के क़िस्से-कहानियाँ नहीं होते थे, बल्कि पीछे छूट गयी जिन्दगियों के जीते-जागते-धड़कते जीवन के स्पन्दित क़िस्से थे। सुरसती ब्राह्मणी की बड़ी बेटी बबली दीदी ने ही यह क़िस्सा सुनाया था—

बड़ी सुन्दर थी तेरी नानी–लक्खो देवी। जिस गली को पार कर गुरुद्वारे का स्कूल पड़ता, उसी के मुहाने पर ठीक ऐसे ही दर्जी की दुकान थी–बिहारीलाल, तेरे नाना की। टोपण उनका शार्गिद था और उतना ही गुणी दोस्त भी। लाहौर की सारी हसीन स्त्रियाँ खोज-खोज कर टोपण से कुरता-जम्पर सिलवाने दूर-दूर से आतीं। बिहारीलाल काउंटर सँभालने में सिद्धहस्त थे। टोपण यूँ तो दुनिया भर की स्त्रियों को क्षण में नाप लेता, लेकिन अपनी दुकान के सामने से गुज़रती लक्खो की नाप जो बड़े गुरुद्वारे में गुरुमुखी सीखने सखियों संग इठलाती, मचलती, उसकी हर नाप को ठेंगा दिखाती, रोज़ सामने से गुज़र जाती–को देखते ही कितना बेबस हो जाता कि मानो उसके अंग सुन्न पड़ जाते। न जाने कितनी देर वह बेकाम, बेजार यूँ ही पड़ा रहता। बिहारीलाल बहुत कुढ़ते इस बात पर कि जिस लक्खो पर उनकी नज़र है, उनके इस रसिक शार्गिद को भी वही बटेर चाहिए। दोनों परम मित्र ने फिर बातों-बातों में धारदार लोहे की कैंची की पीतल वाली चमचमाती मूठ पकड़ कर क़सम खायी कि देखें कौन उनमें से लक्खो को ब्याह कर लाता है। उत्तेजना की ताब में बिहारीलाल ने हाल में खिंचवायी उस तस्वीर के भी दो टुकड़े कर डाले जिसमें ये दोनों

परम मैत्री भाव से एक-दूसरे के कन्धे पर हाथ रखे मुस्कुरा रहे थे। लाइन खिंच गयी थी, उनके बीच और इधर एक लाइन खिंची थी मुल्क के बीचों-बीच। रुपये-पैसे, गहने-गुड़िया मिट्‌टी की दीवारों के अन्दर दबाये लोग अपने पिंड-वतन, खेत-खलिहान, घर-गलियाँ छोड़कर जा रहे थे।

आधी रात को घोषणा हुई थी। भारत की आज़ादी की। वह भयावह अँधियारा कभी वापस नहीं गया। लकीर खींच दी गयी थी बीचों-बीच। भय तो बहुत पहले से झिंझोड़ रहा था, लेकिन सब कुछ ठीक हो जाने का आस्वासन फिर अनिष्चित कर देता था। जोखिम बढ़ते जा रहे थे। कोई उपाय न था अब। शहर-के-शहर वीरान हो चुके थे। बिहारीलाल ने हिम्मत की और किसी को कानों-कान बग़ैर ख़बर किये दुकान का सारा माल-पता अपने साफ़े में छुपाये निकल पड़े। साथ था लक्खो का परिवार। निरीह, नन्ही 12-13 बरस की लक्खो, उसका छोटा भाई और उन्हें पालने वाले ताऊ और ताई। एक शहर से दूसरे शहर। कैंपों की नारकीय दुनिया। बीमारियों से, झमेलों से और आत्मा के रुदन से एक-एक कर सब बिछुड़ते गये। अन्तिम पड़ाव बना अमृतसर। सिरहाने के खोल के अन्दर रुपये, पैसे, गहने छिपाये उस पर सिर टिका कर वे सोते। सिरहाने के नीचे होती वही पुश्तैनी धारदार वाली पीतल के लम्बी चमकदार मूठ वाली कैंची। सरकार की तरफ़ से बसेरों का प्रबन्ध हो रहा था। बिहारीलाल भी गये थे सरकारी कोतवाली। दस्तख़त कर आये थे। न जाने किन शरीकों को देख/मिल आये कि जबसे वे आये, जी ठीक न था। मुँह लपेटे पड़े रहे। लक्खो के आग्रह से किसी तरह दो कौर मुँह में डाला कि चल पड़ना है सुबह नये सफ़र पर जब तक अमृतसर की ज़मीन तक न पहुँचे ...। और उसी रात किसी तेज़ हथियार की मूठ से उस काले तम्बू में वार हुआ था बिहारीलाल के सीने पर...गर्दन पर...खच् खच् ...। हंगामा मच गया। कहते हैं, न हथियार बरामद हुआ, न हत्यारा। मेरी माँ तो अपनी माँ के पेट में ही थीं, लेकिन न जाने कैसे वे कहती थीं

कि 'गुरु महाराज नाम लेने से बचावे, लेकिन मेरे पिता को मारने वाला ... वैसे ही मूठ से मारा जायेगा...।' यह तो तब जब कालोनियाँ बस गयीं, व्यापार शुरू हुए, घर-घाट बनाकर लोग कुछ स्थिर हुए तब फुसफुसाहट फैली कि ख़ूब धनी कारोबारी होते जा रहे टोपण मास्साब उसी पुश्तैनी कैंची से फर्र-फर्र कर नयी काट के डिजायनर सूटों को कतरते रहते हैं। लोगों ने ख़ूब देखा। सारा क़िस्सा जानते-समझते हुए भी किसी ने आवाज़ न उठायी। दंगे-फसाद के बाद मुश्किल से सुर्ख़ हुए बेबस लोग। लेकिन बेबे, बेबे उसका नाम सुनते ही गालियाँ देती–'कीड़े पड़ें, धोखा दित्ता ...मेरी जिनड़ी नू अग्ग लगा दित्ती...' सुरसती कभी लाड़ में, तो कभी व्यंग्य में ताने कसतीं–'लक्खो रानी तेरे पीछे ही तो सारे कांड हुए हैं। अब क्यूँ नहीं जाकर बैठ जाती बूये (द्वारे)। तेरे लिए ही तो ब्याह भी नहीं रचाया उसने...।'

बेबे अपनी आवाज़ और ऊँची कर लेती। एक पतिव्रता स्त्री और कर भी क्या सकती। बिहारीलाल की विधवा होने की अलग शान थी। जिस कुनबे ने इस विधवा निहत्थी को सन्तान, नाम और इज़्ज़त बख़्शी थी, वह खाविन्द के नाम की ही तो थी। वह उसे कैसे खो जाने दे? भग्गो मासी, जो रिश्ते में ननद भी थी, जो सब जानती भी थी, उनके सामने सरापा निकाल, निकाल गालियाँ देती—

'कल्ल दा मरदा अज्ज मर वंजे।'

'पापी कित्थों दा...मेरी कैंची वापस करे कमीना...मेरे खसम दी कैंची ...साडी पुश्तैनी निशानी।'

मैंने भी बचपन में वह कैंची देखी थी। मेरी आँखों के सामने गोल मेज़ पर रखी वह शानदार, लम्बी, सुनहरे मूठ वाली धारदार कैंची घूम गयी, जिस पर लगा ख़ून सूखकर कत्थई न हुआ था अभी। मैंने देखा, मेरी उँगलियों पर ज़मा ख़ून भी अभी लाल था। अपनी किताब, कापियाँ, फाइल समेट कर मैं वापस अपने कमरे की ओर मुड़ी। लंच का वक़्त था,

लेकिन मुझे ज़रा भी भूख नहीं। दिमाग़ में कैसी तो उधेड़बुन कि चट्टानों को काटकर जो सुगम रास्ता बनाया गया है, उस पर न चलते हुए टेढ़े-मेढ़े पत्थरों पर पैर रखती, डगमगाती आगे बढ़ती गयी। निचली पगडंडियों से शायद किसी हिमाचली वधू की विदाई हो रही है। मार्मिक गीत के स्वर शहनाई के साथ घुलकर ऐसी वेदना पैदा कर रहे थे कि मैं वहीं पत्थरों पर बैठकर फूट-फूट कर रो पड़ी—

'शिमले नहीं जाना...कसौली नहीं जाना
चम्बे जाना ज़रूर है नी माये...
चम्बे जाना ज़रूर है...।'

पता नहीं, इसका क्या अटका रह गया होगा अपने बचपन के चम्बे शहर में...खेलने वाली गुड़िया? किसी पेड़ तले, कोई टूटा हुआ दाँत, माँ के हाथ से गिरा कौर, अँगने में गड़े कंचों और गले की टूटी माला के मोती, परली खिड़की के कोने में नन्हा बटुआ या दबी हुई क़ब्रों से आती बाप-दादाओं की आत्मीय महक या गली के मोड़ पर अटकी हुई अजीज दो आँखें...कौन हैं जिसके कलेजे में अपनों से मिलने की बेताबी नहीं? सब कुछ छूटा जाता है...टूटी हुई सुराही, अँगने में बिछी चटाई...

'असां हुण टुर जाना वे...दिन रह गये थोड़े...।'

उस दिन हमारी गली में भी रौनकों वाली रात उतरी थी। टोपण मास्साब के भाई के इकलौते लड़के की बारात चढ़नी थी। पूरी गली रंग-बिरंगे कनातों से ऐसे घेर दी गयी थी मानो एक परिवार आपस में रल-मिल गये हों। एक ओट मिल गयी हो। चारों ओर शोर-शराबे। रौनकें। कहीं चुन्नियों में गोटे लग रहे हैं, तो कहीं गुलाबी पगड़ियाँ रँगी जा रही हैं। हलवाई की भरी कड़ाही से थाल भर-भर भाप उड़ाते शकरपारे और गर्मागरम मठरियों की सुगन्ध रास्ते-पैरों को गमका रहे हैं। बारात को अगली गली ही जाना है, लेकिन तैयारी ऐसी मानो सीधे लाहौर की कुड़ी लैके आनी है।

हम भाई-बहन रह-रह कर छतों पे चढ़ते और नीचे झाँकते। हँसी की आवाज़ें और चुटीली बातों का रस पूरे वातावरण में घुला हुआ था। जैसा कि पिंड का चलन था उस हिसाब से एक उम्मीद थी कि कोई तो आयेगा, ख़ुशामद करके ले जायेगा या जाने बना-बनाया खाना भिजवा दिया जाये। पंगतों में साथ बैठकर खाने का लुत्फ और गाठके बजाकर भाँगड़े पाने का सुख हालाँकि बहुत अलग है। पता नहीं दुश्मनी क्या है इनकी आपस में? ब्याह का घर है, लेकिन बेबे न जायेगी, न हमें जाने देगी। सुरसती ब्राह्मणी की तो आज रुत ही निराली है। अपने घुँघराले बालों को काले तैलीय चेहरे से बार-बार पीछे झटकते, वह आज ख़ूब व्यस्त है। माल-पत्ते, तोहफों, शगुन की नकदी का यह सुनहरा दिन हालाँकि गुलाबी डल्ला, चेक की भरबाँह कमीज़ और गोटेदार गुलाबी चुन्नियों से अपने हाथी जैसे हिलते-डुलते स्तनों को सँभालती कई बार बेबे को मनाने आयी भी है—

'शगन दे आ। वह तो बीमार पड़ा है। बिस्तर से उठ नहीं सकता। जाने कौन कब तक जी पाता है। फिर ऊपर से जिस पर पड़े तेरी गालियों की मार...' कोई और दिन होता तो बेबे शेरनी की तरह दहाड़ पड़ती, लेकिन उस दिन मोहल्ले में आवाज़ाही थी। आख़िर थीं, तो ससुराल की गालियाँ ही न? फिर भी बख़्शा नहीं, कह सुनाया–'हाँ, हाँ! मेरे बोलने से ही तो वह मरने के कगार पर है? जिन्ने जीया कम्म उवें जियाँ धरम! मेरा मुँह न खुलवा। मेरे खसम दी कैंची चुराई। क्यों नहीं वापस करता? जब तक वापस नहीं करता, मौत भी न आयेगी उसे...' हाय हाय! अज्ज शगनाँ दा मिट्ठा दिन और ऐसी कड़वी बातें? भग्गो मासी और सुरसती ब्राह्मणी तौबा तौबा करतीं, कानों को हाथ लगाती वहाँ से उठ आयीं। कानों को हाथ लगाने की बात से याद आया, अरे मेरे बड़े-बड़े झुमके, भारी लग रहे थे। अतीत और वर्तमान की इस आवाज़ाही में उँगलियों के जख़्म को भूल सी गयी थी मैं। लेकिन जब झुमकों को उतारना चाहा तब उनमें फिर टीस उठी।

बादल गरज रहे थे। बारिश की फुहारो से हमारे हॉस्टल का बरामदा भीग रहा था। मैंने अपना सिर बरामदों की सींखचों से टिका दिया। पानी की नन्ही बूँदे माथे पर पड़ीं तो जाने सिर हल्का हुआ और अतीत फिर चलचित्र की तरह सामने आ खड़ा हुआ। साफ़ दिखा, सुन्दरी मासी ख़ुद आयी हैं। हाथ में पीतल की परात, क्रोशिये के थालपोशों से ढके ताजे नमकीन, बूँदी के लड्डुओं और तोशों की महक से सारा अँगना गमगमा गया। ख़ूब मिन्नतें की उन्होंने बेबे की। यह पुराने वक़्त की रिवायत थी या उन्हीं वक़्तों का तकाजा था कि किसी परिवार की ख़ुशी या ग़मी सारे महल्ले की ख़ुशी या ग़मी का सबब बन जाया करता था। ख़ुशियों में एक के भी न शरीक होने का अर्थ आगामी ख़ुशहाल जीवन में विघ्न, असन्तोष। ऐसे में सब अपनी अहमियत भी ख़ूब दिखाते और फिर रल-मिलकर सबकी ख़ुशियों के लिए दुआएँ भी करते। मिन्नतें भी-'लक्खो बहन, हमारा तो इकलौता कुलदीप। असी ढाई गंजियाँ दा परिवार, पिंड छोड़ आये, वतन छोड़ आये...मालूम नहीं अब कब तक किसका साथ। जो तू न आयी तो घोड़ी न चढ़ेगा कुलदीप, कहे देती हूँ। आना पड़ेगा तुझे, पल भर को सही। तुझे मेरी सौंह...।' जिद्द ठानकर बैठ गईं वे। संग लिवा ही ले जायेंगी दोनों को। बूढ़ियों न आँखों-ही-आँखों में अगली पिछली जिनगानी का जाने क्या गुणा भाग लगाया आर उठ खड़ी हुईं। समझदारी इसी में। बचे हुए जीवन का मान करती, बीते समय को परे सरकाती, उनकी तैयारी शुरू हुईं। दूधिया सफेद मलमल के फुलकारी कढ़े सलवार कुर्ते निकाले गये। मकैश के चमकीले सितारों से सजी रूपहली चुन्नियाँ। कानों में कुण्डलों की चमकारें और नाक की लौंग लश-लश अलग लशकारें मारें। छत से तमाशा देखते हम बच्चे अब खुशी से हड़कम्प मचाते नीचे दौड़े कि बस सीढ़ियों पर ठिठक गये। देखा, निकलने को तैयार बेबे घड़ी भर ठहरी है और अपनी रूपहली सफेद चुन्नी उतार मोढ़ों पर पड़ी शगनाँ वाली, सुनहरे गोटों काम जिस

पर गुलाबी चुन्नी अपने गले में बड़ी शाइस्तगी से सजा ली है। सुंदरी मासी का मुँह खुला रह गया। क्षण भर को तो भग्गो मासी की आँखे भी चुंधियायीं फिर उस बड़े दिल वाली फर्राख सहेली ने आगे बढ़कर सिर पर गुलाबी चुन्नी का छोटा पल्लू भी निकाल दिया। मोरनियों की चाल से दोनों स्त्रियाँ फिर ऐसे बढ़ीं मानो केवल बीते समयको ही न सरकाती हों, आने वाली पीढ़ीके लिए भी रास्ता बनाती हो। पहली बार लांघा गया होगा, टोपण मास्साव का आँगन। हम बच्चे सबसे ज़्यादा ख़ुश। मोहल्ले में भी ख़ुशी की नयी तरंग। नयी खुशियाँ। सभी वाह-वाह कर उठे। नयी बहू लाजवन्ती, भागाँ वाली है, जिसके पैर पड़ने वाले हैं गली में, रूसियो नूँ आन मिलाया जिसके नाम ने। हो गया मेल। वैसे भी यह किसी छूट गये वतन के बीच की लकीर थोड़े ही न थी, जिसे वापस लाया नहीं जा सकता था।

सफ़ेद बालों, सुर्ख गालों वाला टोपण मास्साब अपने कमरे की मँझी पर काला पड़ा था। ख़ुशरंग हक्कलें (आवाज़ें) जो सुनी तो आँखें खोलीं। सामने झिलमिल-झिलमिल पुराने सुहाने चेहरे। चाँद भी जिनके सामने पुराना लगे। तू नूर दा दरिया, मैं प्यास पुरानी। आँखों में भर लूँ या कलेजे में। बीती बातें दुहरा लूँ या हिज्र के क़िस्से कह सुनाऊँ...क्या जो नसीब हुआ तेरा और तेरे रहते जो हो जाये मौत मुझ पर मेहरबाँ...'

आवाज़ नहीं थी। थी केवल थरथराहट। एक छटपटाहट पूरे बदन में। आख़िर एक जुंबिश देते हुए पूरा ज़ोर लगाते उसने शायद करवट लेनी चाही...आह! मानो कोई चीज़ चुभी हो बेतरह। पीली आँखें ताब न ला सकीं। धीमे से बन्द होती गयीं होंठों की बड़बड़ाहट सुन ली गयी—

'दुख आवे सुख आवे हँस के गुज़ारिये
हर वेले दाते दा शुकर मनाइये...'

और दो मिनट के बाद मानो भूचाल आ गया उस कमरे में। मास्साब की मँझी के नीचे ख़ून का बहता दरिया। अब कैंची सिरहाने रखकर कौन सोता है भला? मूठ लगी भी थी तो सीधे कलेजे में।

गाढ़ी ख़ून की धार जब तक इन स्त्रियों के पैरों तले पहुँचती, हल्ला मच गया—'ख़ून, ख़ून...दौड़ो, दौड़ो...।'

वही बरामदा था। तीन सफ़ेद मोढ़े और गोल मेज़। उसी पर रखी थी ख़ून से लथपथ चमकती पीतल की मूठ वाली लम्बी, धारदार कैंची... जिस पर सुरसती ब्राह्मणी के ग़ुस्से से भरी उँगलियों के निशान थे। बिना कुछ बोले उसने दरवाज़ा ठेला था और धड़ाक् से कैंची पटक कर जलती निगाहों से बेबे को घूरा था।

वह मातम की रात थी। खाने-पीने को कौन कहे, सब अपने घरों में बन्द हो गये थे। गली को ढँक कर परिवार बना देने वाला तम्बू तेज़ हवा में साँय-साँय करता कई जगहों में उखड़ चुका था। बेबे का कमरा बन्द था। बिजली का बल्ब भी मानो किसी शोक में डूबा था। दरारों से कोई रोशनी भी नहीं छिटक रही थी। गली के कोने में बिजली के खम्भे पर मद्धिम रोशनी का बल्ब तम्बू के कोने के अन्तरों से थोड़ी रोशनी दे रहा था। चारों तरफ़ सुन्न-सन्नाटा। माँ के बदन से चिपक कर सो रही मेरी नींद आधी रात में किसी के रोने की आवाज़ से टूट गयी। मानो कोई हिचकियाँ लेकर रो भी रहा हो और गा भी रहा हो—

'असां हुण टुर जाणा वे...दिन रह गये थोड़े...।'

मैं चिहुंक उठी। दरारों में हल्की रोशनी दिखी। पदचापों की आहट हुई ही थी कि बेबे ने हक्कल (आवाज़) मारी–अन्दर आजा मिट्ठा। सामने नीले दरवाज़े वाली अलमारी खुली हुई थी। मैंने देखा हाँफती, धड़कती उस बूढ़ी छाती का दुपट्टा बार-बार गिरता था। कुरते के बटन आपस में उलझे पड़े थे। बौरा रही थी मानो वह, 'जो देश के टुकड़े न हुए होते तो उससे मेरा ब्याह हुआ होता।'

'किससे बेबे?'

'टोपण से।'

धुकधुकी से मेरा कलेजा काँप उठा। बेबे अपनी रौ में, हिस्टीरिया चढ़ा हो मानो–'देश के टुकड़े होते ही सब भागे। परायों ने ही नहीं अपनों ने भी लूटा। रातों-रात मेरी बाँह पकड़ घसीट लाया साथ। मालपत्ते की पोटली, सफ़ेद सिर साफे। लेकिन काले करमों दे हिसाब एत्थे ही हो जाँदे ने। बस मैं रह गयी बेइन्साफ़ी।' बेबे का बौराना बढ़ रहा था। मैंने उनके पोपले गालों को प्यार से छूआ, तप रहे थे बुरी तरह। उन्होंने सहसा अपनी बन्द मुट्ठी मेरे सामने बढ़ाई और फफक पड़ी–'कोई निशानी भी नहीं रहने दी उसने। बीचों-बीच फाड़ गया मुझे...।' मैंने कोशिश करके उस भिंचे काग़ज़ के टुकड़े को खोलने की कोशिश की। किसी नवयुवक की फटी-पुरानी एक तस्वीर, जिसे देखकर लगता था, इसके साथ कोई खड़ा था जिसे बीचों-बीच काटकर अलग कर लिया गया है। लाल स्याही से घेरी गयी श्वेत-श्याम तस्वीर। उस समय बाल काले थे, लेकिन सुर्ख गाल और वही भिंचे होंठ। पुरानी छटपटाहट से छटपटाती मैंने अपनी ज़ख़्म वाली उँगली को सींखचों से बाहर बारिश के सामने कर दिया। बेबे पीली पड़ती जा रही थी और लाल स्याही पर पड़ते उसके आँसू धरती को चीर रहे थे–दो टुकड़ों में। लाल रंग देखते ही बेबे भय से काँप उठी–'ख़ून, ख़ून...दौड़ो, दौड़ो...।' और बेबे को अरसे पहले उसी रात खो चुकी मैं सींखचों से बाहर उँगलियों से गिरते ख़ून को देख चीख रही थी–'ख़ून, ख़ून...दौड़ो, दौड़ो...।'

तीन बजकर चालीस मिनट

मार्च और अक्टूबर अमूमन ऐसे महीने हैं, जिनके आने की ख़बर फ़िजाएँ ख़ुद-ब-ख़ुद दिया करती हैं। एक नशा-सा तारी रहता है फ़िज़ाओं में। मदमाती एक ख़ुशबू। पोर-पोर खोल देने वाली। रग-रग को मीठी ऐंठन से मरोड़ देने वाली। दिल के दरवाज़ों के बाहर बारहा शहनाई बजती हो मानो। यह मार्च महीना था। सर्दी जाने-जाने को थी। गुनगुनी धूप मानो सोया प्यार जगाती थी। यूनिवर्सिटी की यह इमारत गहरे गुलाबी बोगनवेलिया से यूँ लदी पड़ी थी मानो दुल्हन अभी-अभी सेज से उठकर गुलाबी चुनरी में स्वयं को सँवारती है। सूर्य की किरणें उस पर यूँ झिलमिलाती, ज्यों उसके गहनों की चमक से पूरा प्रांगण रोशन हो। वसन्तोत्सव का यह महीना न जाने किन कामनाओं से भरा होता कि अपनी देह भी कभी लचकती, मचलती फूलों की डाली प्रतीत होती। आजकल वैसे भी न जाने कौन-सी महक मेरे अन्दर समा गयी थी कि मैं न धुआँ होती थी न ख़ाक, बल्कि अधिक हरियाती जाती थी।

गेट तक पहुँचते ही मुझे उमा जी और सुहासिनी दिख गये, जो पार्किंग से सीधा चले आ रहे थे। हम तीनों की कक्षाएँ आज साढ़े 11 बजे से थीं। अभी नये विभागाध्यक्ष नियुक्त हुए थे। वे बहुत रुआब वाले व्यक्ति थे, इसलिए देर करना मुनासिब न था। हम कक्षाओं की ओर बढ़ चले कि बीच लॉन में छात्रों के मजमे को देख ठिठक गये। जाने क्या हो रहा है इधर? जो उचककर अन्दर झाँका तो देखा महताब सर की पीठ।

चिरपरिचित मुद्रा वही। एक पैर दूसरे पैर पर चढ़ाकर चट्टान पर आराम से बैठे हुए। पास ही पीतल की एक थाल में भरा था चमकीला, खिलखिलाता गुलाबी अबीर। सूरज की किरणें जिस पर पड़े झिलमिल-झिलमिल। इसी झिलमिल अबीर से टीका लगाये दर्जनों छात्र-छात्राओं का झुंड। अरे देखो! वह परसों वाली छुटकी, साँवली तेज-तर्रार रोहिणी कुमारी है, जिसे एम.फिल की मौखिक परीक्षा में यह कहकर रोकने की कोशिश की जा रही थी कि आप तो अभी छठी-साँतवीं कक्षा की ही छात्रा लगती हैं। फिर 'बड़े सर' को (नये विभागाध्यक्ष, जिनका दम्भ स्वयं के क़द से कई गुणा बड़ा था, अब इसी नाम से विख्यात हो गये थे।) उसने मुँह पर जो सीधा और तीखा जवाब दिया, वह भी कमाल का ही था–'मैं यहाँ हिन्दी साहित्य पढ़ने आयी हूँ या किसी फ़ौज के रेजिमेंट में बन्दूक चलाने?' उसकी दृढ़ता और हाज़िरजवाबी पर महताब सर खिलखिला उठे और उसकी पीठ ठोंकी–'भई जा तेरा हो गया एडमिशन।' सबों ने महसूस किया 'बड़े सर' के चेहरे पर कैसी राखपुती एक कशीदगी आयी और गयी है। वही रोहिणी कुमारी, स्त्री और पुरुष–दोनों आवाज़ें साथ निकालती हुई 'नवरंग' के गाने पर तल्लीनता से नृत्य कर रही थी—

'अरे जा रे हट नटखट, ना छू मेरा घूंघट
पलट के दूँगी आज तुझे गाली रे...
मुझे समझो न तुम भोली भाली रे...'

वहाँ मौजूद सभी उसकी बिजली की गति वाले नृत्याभिनय से हतप्रभ थे कि छात्रों ने मनुहार करना शुरू कर दिया–'सर आप भी, आप भी सुनाइए कुछ।' उनके 'सर' कहाँ पीछे रहने वाले? आमतौर पर सफ़ेद टी शर्ट और ब्लू डेनिम जींस पहनने वाले महाशय सफ़ेद कुर्ते-पाजामे में ख़ूब फब रहे थे। गुलाबी अबीर के टीके से माथा झिलमिला रहा था। चेहरे की रंगत में सब्ज़गी आ गयी थी। उन्होंने अपनी नज़रें चारों तरफ़ घुमायीं। दो कत्थई कुशाग्र आँखें, जिनमें हम तीनों को देख बच्चों-सी शरारत उभर

आयी। उमा और सुहासिनी मुस्कुराते हुए आगे बढ़ चलीं। दुबकती-सी मैं उनके पीछे-पीछे कि देखती हूँ, चाँदी की चमकती अँगूठी वाली मुट्ठी ने थाल से अबीर भरी और हमारी तरफ़ उछाल दी। पूरा वातावरण हो आया गुलाबी-गुलाबी और फिर छात्रों समेत नज़ीर अकबराबादी के नज़्म ने माहौल में होली के रंग बिखेर दिये—

'जब फागुन रंग झमकते हों, और
दफ़ के शोर खड़कते हों, तब देख बहारें होली की
परियों के रंग दमकते हों, महबूब नशे के
छकते हों... तब देख बहारें होली की...'

लड़कों की आवाज़ जब अचानक धीमी हुई तब देखा सामने 'बड़े सर'। आँखों में जाने कैसे तेवर थे कि हम दौड़ चले कक्षाओं की ओर। प्रथम तल पर मेरी क्लास थी। गयी। देखा कोई नहीं था। आज से होली की छुट्टी होनी थी, छात्रों को गाँव-घर भी तो जाना होगा–सोचते हुए सीढ़ियों से नीचे उतर रही थी। पीली साड़ी से झड़ता गुलाबी अबीर पीछे चला आ रहा था कि सामने महताब सर। मैं कोने में सिमट गयी, निकल सकें वे। वे रुके। सिगरेट की कश लगायी और तिरछी नज़र से देखते हुए पूछा–तो? है नहीं कोई क्लास के लिए? 'जी नहीं। लड़के तो नहीं हैं।' कहकर मैं उतर आयी। अबीर तो वहीं झिलमिल करता छूट गया था, साथ चली आयी थी सिगरेट की तल्ख़ महक...और लहकती आवाज़–'फिर फ़िल्म चलें? स्टूडेंट्स थिएटर में दिखाई जा रही है। 15-20 मिनट की शॉर्ट फिल्म है।' मेरे मुख पर अचरज की लकीरें देख जल्दी से बोले 'सब चल रहे हैं।'

'जी।' कहकर मैं नीचे उतर आयी।

सुहासिनी ने बताया, 'एंबोस बियर्स की प्रसिद्ध कहानी 'ऐन एक्यूटेंस ऐट आउल क्रीक ब्रिज' पर बनी फ़िल्म दिखाई जा रही है। सब चल रहे हैं तू भी चल।' मैं एकदम तैयार हो गयी। मैंने अपने छात्र जीवन में यह

कहानी पढ़ी थी और तभी निरंकुश सत्ता की विद्रुपताओं, कुरूपताओं और ज़्यादतियों में फँसे एक मासूम की विवशता, जिसने जीवन में सिर्फ़ प्रेम चाहा, अपनी प्रेमिका को चाहा, उसे कैसे फँसाकर मार डालने पर विवश किया जाता है और मृत्यु के समय उसकी बेकली, प्रबल कल्पना का रूप धर किस प्रकार प्रिया की बाँहों में छिपने जा पहुँचती है। मर्मान्तक वेदना और कुटिलताओं के बीच वह प्राणघातक स्थितियों से प्रगाढ़ जीवन की ओर जिस तरह भागता है, वह अन्दर तक बेध जाता है। इस कहानी को परदे पर साकार होते देख सकूँगी—यह तो कभी सोचा भी नहीं था। ऐसे अवसर की जुटान के लिए मन-ही-मन महताब सर की अहसानमन्द हुई और तभी यह ख़याल आया कि आज यह भी पहली बार ही हुआ कि वे मुझसे यूँ रू-ब-रू मुखातिब हुए।

यह सच है कई बार कॉरिडोर में उन्हें देखती, मिलती, नमस्ते करती तो कभी जवाब नहीं मिलता। यह चर्चा चलने पर किसी ने कहा, उन्हें आप सलाम बोला करें, तभी जनाब जवाब दिया करेंगे। बात समझकर मन अजीब गलीजता से भर उठा। लेकिन तुरन्त वरिष्ठ उमा जी द्वारा वे रोक दिये गये—ऐसी छोटी बात उनके लिए न करें प्लीज। वे बहुत टैलेंटेड स्कॉलर हैं। बेनियाज़। रोशन रूह इन्सान। यह तो सच में कई बार स्वयं देखा है, ड्रामे की रिहर्सल में जब छात्र-छात्राएँ उन्हें घेरे रहते, सीन समझाने वे पास खड़ी किसी छात्रा का दुपट्टा तानते, सिर पर गोल-गोल साफा बाँधते, झुक-झुक राजस्थानी स्टाइल में दोहरा होकर झुकना सिखाते-खम्मा घणी, माई बाप...। ऐसा एंगल लो। इतनी दूर तक ऊँगलियों को कैसे सिर से बचाना है—धोक मंजूर कराना है। कड़ी मुस्तैदी। ट्रेनिंग अभिनय की। दरियादिली भी तो उतनी ही। साथ कोई छात्र भी खड़ा होता, तो उसे पहले सिगरेट ऑफर करते, फिर ख़ुद कश लगाते। जम्हूरियत के ऐसे पक्षधर थे कि कभी शिक्षकों के हित की बात हो या छात्रों की, सीधे यूनियन से भी टकरा जाते। 50-55 वर्षीय गुलाबी नीलाहट लिये ऊँचा माथा, सिगरेट से काले पड़े होंठ, पतले चेहरे पर

खुरदुरी दाढ़ियों का बसेरा, कत्थई रंग की तीखी आँखें, सिर पर सफ़ेदी की झुरमुटें, ऊँचा लम्बा क़द मानो कोई औघड़ बन गया हो स्कॉलर। जिसके प्रभामंडल से पहले तो दहशत होती और फिर धीरे-धीरे उनकी मेधा तेजाबी तिलस्म की तरह अपनी गिरफ़्त में ले लेती। यही वजह थी कि उनके प्रशंसकों की संख्या भी बहुत थी और उनके न चाहने वालों की भी कमी न थी। अपनी कमतरी के अहसास को कुछ लोग इस प्रकार व्यक्त करते थे–'एक नम्बर का दारूख़ोर है। लड़कियों को घर बुलाता है। दारू की पार्टियाँ करता है। इस्लाम प्रचारक है। किसी दिन फँसेगा बेटा। बुरी तरह फँसेगा। और तब लाज़िम है हम भी देखेंगे।' कहकर वे कुटिल कुत्सित हँसी हँसते। ऐसा नहीं है कि उन्हें इन बातों का इल्म न था। ज़रूरत और जगह के हिसाब से वे अपने तंजिया अन्दाज़ में तब अदबी जूतियों की ऐसी गिन गिनके बौछार करते कि सामने वाले के चेहरे पर ज़लालत का सैलाब तारी हो जाता।

फ़िल्म देखकर जब हम लौट रहे थे, तब गेस्ट हाउस में कॉफ़ी पीने रुके। दिख तो सब चुप रहे थे, लेकिन मेंटल डिसऑर्डर तक जाने वाले इस ख़्वाहिशी पलायन और वास्तविक सत्ता ऑर्डर से मुठभेड़ की यन्त्रणा को सामने जीवित कर देने वाला कालतन्त्र हमारे दिलों में सिम्फनी की धुन की तरह लगातार बज रहा था। हम सब जिन स्थितियों में जीवित हैं, उनमें देश, सत्ता, समाज के हिंसक वर्चस्व और दारुण शोषण की कथा बार-बार मन में झनझना उठती थी। मेरे मुँह से निकला–'मुझे लगता है, यह एक रूपक है उस दुनिया का, जिसमें नायक जी रहा है, उस दुनिया की वीभत्सता, कुरूपता, निर्दयी ज़्यादतियों का, जिसके सामने वह अन्ततः समर्पण नहीं करना चाहता...'

मेरी बात को बहुत गहरे से सुनते हुए महताब सर ने सहमति में सिर हिलाते हुए सुहासिनी समेत सभी साथियों की ओर देखा। माहौल हल्का करने की गरज से शायद उमा जी ने कहा, तुम्हें मालूम है, महताब सर हमेशा तुम्हारी ख़ूब प्रशंसा करते हैं। कहते हैं–जीनियस हो तुम।

सुहासिनी ने कहा–जहाँ से ये दोनों पढ़कर आये हैं, वहाँ केवल जीनियस ही प्रवेश पा सकते हैं। मेरे चेहरे पर नासमझी के चिह्न देखकर आगे उसने बताया– तुम्हें पता हैं न महताब सर उसी यूनिवर्सिटी के हैं, जहाँ से तुमने पीएच.डी. की है? उन्होंने ही बताया है कि कैसे तुम दो चोटियाँ बाँधकर, लाल सलवार-कमीज में सारी दोपहर, रात होने तक, एक वाटर बॉटल साथ लिए लाइब्रेरी में बैठी पढ़ती रहती थी। अरे... तबसे जानते हैं? और मेरी आँखें आश्चर्य से फैल गयीं। इस बात को तो कई साल बीत गये। विस्फारित नेत्रों से जो महताब सर को देखा–उनकी छोटी कत्थई आँखों में जैसे सदियों की पहचान थी और था चुहल भरा शायराना अन्दाज़।

'What is there in the world except for the beauty of your eyes....'

'इन आँखों के सिवा दुनिया में रखा क्या है...'

शर्म ने मेरी पलकों को झुका दिया और संकोच से भरी हल्की मुस्कुराहट गालों तक चली आयी। झुकती आँखों पर उमा जी और सुहासिनी का अनदेखा सरस लाड़ बरस रहा था। इसके बाद तो मैं इस सोच में गुम रही कि जाने ये कब से मुझे जानते हैं? पीएच.डी. किये मुझे पाँच-छह वर्ष बीत गये थे। मेरी शादी हुई। कई शहर बदले बीच में। मुझे तो कुछ याद नहीं आता सिवाय इसके कि एक लम्बा युवक भी दिन-रात लाइब्रेरी में होता था उस वक़्त लेकिन वह बहुत गोरा था। एक और थोड़ा याद आया, जो हमेशा सिर झुकाये अपनी डेस्क पर गड़ा रहता था, लेकिन वह इतना लम्बा न था। मुझे अन्त तक याद नहीं आ सका कुछ। बस इतना था कि महताब सर के होने से मुझे ताक़त मिलती थी और अपने उस अदबी दुनिया पर गर्व हो आता था, जिसका एक छोटा हिस्सा मैं भी थी।

मैं इस विभाग में कुल तीन साल के लिए रिसर्च साइंटिस्ट की नियुक्ति पर आयी थी। मेरे उक्त प्रोजेक्ट के तहत मुझे विभाग की अन्य ज़िम्मेदारियों से मुक्त रखा जाना था। सिवाय अध्यापन सहयोग के, वह भी मेरी इच्छा के अनुसार। लेकिन कई ज़िम्मेदारियाँ यहाँ मुझे सौंप दी गयीं।

जिन्हें अमूमन विभाग वाले या अन्य स्थायी प्रोफ़ेसर करने से कतराते थे। ऐसे में मेरी नुमाइन्दगी इन्होंने ही की। विभाग में साफ़ कह दिया गया कि केवल क्लास लेना वे चाहें, तो ले सकती हैं। अन्य ज़िम्मेदारियों में उनके शोध का क़ीमती समय नष्ट न किया जाये। उनकी बात बड़ी गरिमा से सुनी और सराही गयी। मुझे अपने रिसर्च के लिए पर्याप्त समय मिल सका और महताब सर के साथ मैं तभी से एक अपनइयत, एक जुड़ाव महसूस करने लगी और धीरे-धीरे खुलकर बातें भी करने लगी।

सुहासिनी के पिता के आकस्मिक निधन की ख़बर ने हम सबको हतप्रभ कर दिया था। वहाँ से होकर आये तो सबका मन भीगा हुआ था। प्रश्न पत्र तैयार किये जा रहे थे कि अचानक मैंने कहा–'मैं जब तीन साल की थी, मेरे पिता नहीं रहे। नहीं जानती, पिता क्या होते हैं। मेहताब सर की गहरी नज़रें उठी थीं। निवेदिता, जो सबसे कम उम्र की थी और अभी व्याख्याता लगी ही थी, ने पूछा कि मैं यह समझ नहीं पायी–'मृतक के नाक में कपास क्यों लगाते हैं? फ़िल्मों में भी देखा है ऐसा।' 'बड़े सर' न जाने कहाँ से पढ़कर आये थे तपाक से कहा, 'कीड़े मकोड़े न घुस जायें, लाश के अन्दर, इसीलिए छिद्र बन्द कर देते होंगे।' श्री सुधांशु तिवारी, जो सीनियर प्रोफ़ेसर भी थे, उनसे न रहा गया, उन्होंने कहा, 'नहीं, यह बात नहीं। दरअसल ये मूलाधार हैं। दोनों पैर व अँगूठों को भी बाँधते हैं, ताकि जीव पुनः अन्दर प्रवेश न करे।' चुपचाप कुछ सोचती उमा जी ने पूछा, 'जीव भटकते क्यों हैं?' उन्हें समझाते हुए बड़े गहन स्वर में जो व्याख्या की गयी, उसे भूलना कठिन है। महताब सर ने कहा–'दास्ताक्लोज का मानना है कि जब किसी की मृत्यु हो जाती है, वह पूरी चेतना से दूसरी डाइमेंशंस पर जी रहा होता है। नफ़सी, ज़हनी काया में। दरअसल, अहसासों के, ख़्वाहिशों के ख़यालों के बदन होते हैं और ऐसे में वे भटक रहे होते हैं। मुक्त होते ही काया पहले अधूरी ख़्वाहिश पूरी करती है और फिर चेतना नयी काया पहनती है। ज़हनी, नफ़सी और फितरी काया। तब सब जन्मों के तजुर्बे नये जन्म की काया

में उतर जाते हैं।' रोहित जी ने पूछा–'और आत्महत्या करने वालों का क्या?' प्रश्न पूछते ही लगा यूनिवर्सिटी की पूरी इमारत मानो हिल उठी है। वैचारिक गहराइयों की तीव्र आँधी। व्यवस्था की क्रूर जटिलताएँ। सबकी आँखों में घूम गया, निर्दोष छात्रों की लगातार आत्महत्याओं की ख़बरें। विचलित कर देने वाले स्यूसाइड् नोट्स। महताब सर का पूरा शरीर मानो काँप गया। उन्होंने जवाब दिया–टायनबी ने कहा था–हत्या से संस्कृति नहीं मरती। लेकिन आत्महत्या से पूरी संस्कृति मर जाती है। एक चुप्पी के बाद दर्दीली आवाज़ ने कहा–

'यह गुम्बदे-मीनाई, यह आलम तन्हाई,
मुझको को डराती हैं इस दशूत की पहनाई।'

कँपकँपांते पोखर में चतुर खिलाड़ी 'बड़े सर' ने बड़े मूड से एक पत्थर उछाला–'आप लोगों में तो पुनर्जन्म नहीं होता होगा डॉ. महताब?' सारी थरथराहट मानो थम गयी। ज्यों घनुष पर चढ़ आई हो प्रत्यंचा और फिर छूटा एक तीर। बिना एक पल गँवाये उस गहरी आवाज़ ने जवाब दिया, 'जी नहीं। पर हमारे एतकाद में एक ऐसी नस्ल का सिद्धान्त ज़रूर शामिल है, जिसे 'जिन्नात' कहते हैं और यहाँ 'जिन्नात' कौन है आप सभी वाक़िफ़ हैं।' कहकर उन्होंने बैग कन्धे पर लटकाया और पलक झपकते बाहर निकल गये। धीरे से उठते मैंने कनखियों से देखा, अपने ऊँचे क़द की कुर्सी के पीछे लटकते नारंगी रंग के तौलिये से 'बड़े सर' मुँह से उगलता थूक पोंछ रहे थे। आँखें उबलते आलुओं की तरह बाहर निकल पड़ने को आतुर थी। मैं आशंकित हो आयी, लेकिन कुछ भी बोलना मेरे लिए मुनासिब न था।

मेरी नियुक्ति यहाँ तीन वर्ष के लिए हुई थी। अढ़ाई वर्ष से ज्यादा गुज़र गये थे। मैं यहा क्लासेज लेती और फिर लाइब्रेरी में अपने प्रोजेक्ट को अन्तिम रूप देने में व्यस्त रहती। मेरे छात्रों से मेरी काफी अच्छी ट्यूनिंग हो गयी थी। मैंने उन्हें आरम्भ से ही कहा था, मैं ज्ञान बाँटने नहीं

आयी हूँ, शेयरिंग के लिए हूँ। पाठ पढ़ने की कुंजी थमा सकती हूँ फिर पाठ चाहे शुक्ल, निराला, महादेवी या फूको, देरिदा के ही क्यों न हो? सब पर नयी दृष्टि से विचारने का प्रयत्न करेंगे। इस प्रकार मेरी पूरी क्लास अध्ययन, आनन्द और सृजनात्मक क्षणों से जुड़ जाती। पढ़ने का यह ढंग उन्हें उनकी ज़िन्दगी की समस्याओं और समाधानों को देखने का विज़न भी प्रदान कर रहा था–ऐसा वे मुझसे कहते और यह बात विभाग तक भी जाती। सबकी चहेती बन रही थी मैं और फिर सबके कहने से मैंने नयी नियुक्ति के लिए आवेदन भी कर दिया था। कुल छह महीने बाक़ी थे मेरे जाने में कि इस बीच नये विभागाध्यक्ष की नयी नियुक्ति हुई। लोग कहते थे कि वे जातिवादी, नस्लवादी, पैसे के लालची और दलितों, स्त्रियों के प्रति सामन्ती नजरिये वाले व्यक्ति हैं। मेरे साथ भी मुश्किलें बढ़ गयी थी, बिना वजह वे मुझे अधिक देर रोकते और कभी एक रजिस्टर से दूसरे में कुछ लिखने या प्रश्नपत्रों का ज़ख़ीरा सिलसिलेवार ढंग से लगाने जैसे कामों में लगा देते। प्रयास यह भी रहता कि सामने ही बैठूँ। कई बार मेरा मन उबल जाता फिर सोचती, दो महीने रह गये हैं, कट जायेंगे बस। अब क्या बिगाड़ करना?

जुम्मे का दिन था। मुझे इसलिए याद है कि क्योंकि उस दिन महताब सर अमूमन नहीं आते थे। उनकी एकाध क्लास हममें से कोई देख लेता, पढ़ा देता। ख़ुदा ही जाने बन्दा ईश भक्ति करता भी था या नहीं, लेकिन उन्हें ख़ूब पढ़ने-लिखने का बेतरह शौक था और इसीलिए वे तीन दिन लगातार अपने लिखने-पढ़ने में जुटे रहते। अब 'बड़े सर' की हिदायत हुई थी, आप लिखकर दीजिए कि जुम्मा को नमाज़ पढ़ने जाते हैं, तब तो आपको छुट्टी दी जायेगी अन्यथा नहीं। महताब सर ने जुम्मे को भी आना शुरू कर दिया। शाम को एक क्लास वे ले लिया करते। वह जुम्मे का दिन था। मैंने काम करते हुए अचानक देखा क्लर्क रामनिवास दबे पाँव किये 'बड़े सर' के क़रीब आ रहा है। हालाँकि मुझे देख कर ठिठका ज़रूर लेकिन रुका नहीं। आगे बढ़कर धीमे स्वरों में उसने जो

कुछ बताया, 'बड़े सर' की स्थिति चमगादड़ की तरह उकडू हो गयी। उन्होंने पैर सिकोड़ कर कुर्सी पर रख लिये और सख़्त सोचनीय मुद्रा में आ गये। देखते-देखते उनके चेहरे के भाव बदलते गये। यह पहली बार था कि उनकी नज़रें मुझ पर नहीं थीं। अपने सिर पर घोंसले से बिखर आये चार तिनकों की तरह स्थिर बालों को बार-बार सँवारते। वे कभी उठते–बैठते, उचकते, कुटिल मुस्कुराहट से भरे तलैया में बदल गये। अपने तम्बड़ जैसे होंठों को कुर्सी की पीठ पर पड़े उसी तौलिये से पोंछते, दन्न से सामने रखी मेज़ की घंटी पर हाथ दे मारा। घंटी चीख़ पड़ी। किसी को आते देख दूर से ही चिल्लाये–'बुलाओ उसे। बुला कर लाओ उसे। देखते हैं अभी हम।' पीरियड ख़त्म होते ही महताब सर शेर की तरह अन्दर घुसे–'क्या बात है? क्यों दरियाफ़्त किया?' उनके ऐसे रौद्र रूप और गरजती आवाज़ से मेरा पहली बार सामना हुआ। मैं बाहर जाने को हुई कि 'बड़े सर' ने हाथों को झटक कर वहीं से मुझे कहा–आप बैठिए, और उधर मुखातिब हुए। 'देखिए, आपकी शिकायत आयी है। आपको लिखकर माफ़ीनामा देना होगा, नहीं तो...।'

'नहीं तो, क्या?' महताब सर गरजे–'मुझे सब पता चल चुका है। आप जो गोटियाँ खेल रहे हैं, वह नहीं चलेगा। मैं कुछ लिखकर नहीं दूँगा। वह मेरी छात्रा हैं, अभी चॉक से मारा है, डस्टर से भी मारूँगा यदि ज़रूरत लगी तो। आपको जो करना है करें।' कहकर जैसे तमतमाते हुए वे आये, वैसे ही निकल चले। फिर पलक झपकते ही जाने क्या हुआ, वे उसी तेज़ी से वापस आये। अपने मज़बूत हाथों से मेरी बाँह पकड़ी और खींचते हुए से बाहर ले आये। मेरी गोद में पड़े सारे काग़ज़ तितर बितर हो वहीं कालीन पर बिखर गये। साथ घिसटती-सी मैने देखा, 'बड़े सर' खड़े-खड़े अपने हाथों को मल रहे हैं, आँखों से लहू के कतरे मानो छिटक पड़ रहे हैं। बाहर आकर महताब सर ने एक हल्का धक्का देते हुए कुर्सी पर बैठाया–'क्यों बैठी रहती है वहाँ, बिना अपनी मर्जी के? बोल दीजिए मैं नहीं करूँगी। क्या आपको अपने प्रोजेक्ट के रूल्स एंड

रेग्यूलेशन नहीं मालूम? आपको क्लास लेने के लिए भी कभी बाध्य नहीं किया जा सकता।' हमारे चारों ओर रेंगते हुए छात्र-छात्राएँ जमा हो रहे थे, जिनमें से कुछ महताब सर के लिए जान दे सकते थे तो कुछ नौकरी पाने के लिए विभागाध्यक्ष का वमन भी अपने कुर्ते से साफ़ कर सकते थे। मैं डर से काँप रही थी। जानती थी मेरे लिए कोई न था। मेरा अब जाने क्या होगा? मेरी आँखें डबडबा आयीं। अपमान से, जो वह अब रोज़ करता था। उस विवशता से, जिसमें स्थायी नौकरी चाहिए थी और हैसियत के इस हाहाकार से, जिसमें अब खींच लाया था यह मुझे। मैंने आँखें ऊपर उठायीं। दो तेजस्वी आँखों ने, रोशन निगाहों ने, नेह और आश्वस्ति की जैसे ढाढस बँधाई। एक ताक़त की लहर मुझ तक प्रवाहित हुई–'ताकतवर के सामने सच बोलने की ताकत बहुत बड़ी ताक़त होती हैं और तुम्हें इस ताक़त को सँजो कर रखना है अब।'

सोमवार को जब हम विभाग पहुँचे तब पता चला विभागाध्यक्ष हैदराबाद गये हैं। एक सप्ताह के लिए। मेरा सारा तनाव मानो घुल गया। पूरे विभाग में पिछली ख़ुशियाँ वापस आयीं। हमारा साथ टिफिन खाना छूट गया था, चाय बनाना और साथ चुस्किया लेना छूट गया था। क्योंकि उनका सख़्त आदेश था कि अपने अपने कप में ही पीजिए और उन्हें अलग रखिए। अब हम सब एक दूसरे के टिफिन खाये जा रहे थे, लेकिन यह ज़रूर था कि जिन लोगों ने तभी चाय और चाय के बर्तनों को हाथ न लगाने का संकल्प लिया, वे अब भी अपने अपमान को भूले नहीं थे। बो दिये गये ज़हर का असर सदियों तक सड़ान्ध पैदा करता रहता है। उन्होंने स्वयं को ज़ब्त कर रखा था। सभ्यता और नदियों को आगे बढ़ने से रोका जाये तो फिर सारा माहौल कीचड़ से बजबजाता है। बाक़ी सब पूर्ववत् था, लेकिन महताब सर नहीं दिख रहे थे। मैं उनसे बात करना चाहती थी। उनको बताना चाहती थी, अब मुझे डर नहीं लग रहा है और अब मैं कभी किसी भी ग़लत से नहीं डरूँगी, प्रतिरोध करूँगी। लेकिन वे नहीं थे। न वे थे, न सिगरेट की वह तल्ख़ महक थी और न वह धुआँ था, जिसे मैं अब पहचान चुकी थी।

आज फिर जुम्मा था। गेट में घुसते ही वह महक थी। धुएँ का वह छल्ला था और अटकता, सरकता, सँभलता मेरा पैरहन/दुपट्टा था। भागते क़दमों से अन्दर पहुँची कि देखा लॉन में मजमा सजा है। गायत्री मन्त्र के लयबद्ध शास्त्रीय उच्चारण ने मन को बाँध लिया– **'ऊँ भूर्भूवः स्वः तत्सवितुर्वरेण्यं भर्गो देवस्य धीमहि धियो यो नः प्रचोदयात्।'** किसी ड्रामे का रिहर्सल था या जाने क्या था छात्रों के समवेत स्वर... **'ऊँ भूर्भूवः स्वः तत्सवितुर्वरेण्यं भर्गो...'** लगा किसी गुरुकुल में आ गयी हूँ और तभी चमत्कार घटित हुआ। महताब सर ने गायत्री मन्त्र के उर्दू अनुवाद का पाठ करना शुरू कर दिया। उनके साथ उनके छात्रों की आवाज़ गूँज रही थी।

'बख्शा मुझे तूने वजूद, मेरे ख़ुदा मेरे ख़ुदा
हर दर्द की तू है दवा, मेरे ख़ुदा मेरे ख़ुदा'

आह! कैसा पाक मंजर था। एक रूहानी जलवा मानो हर शै पर तारी था। छात्रों की बन्द आँखों में जेरे-आब थे। होंठों पर मानो फरियाद थी–

'रहमत की बारिश भी है तू सारी ख़ुशियाँ भी है तेरे नाम की...
मेरे ख़ुदा, मेरे ख़ुदा
तू रोशनी, तू ज़िन्दगी, दानिश-कदा
मेरे ख़ुदा, मेरे ख़ुदा
है तेरे आबओ ताब से, बख़्शिश गुनाहों की
मोहे रस्ता दिखा और इल्म दे...
मेरे ख़ुदा, मेरे ख़ुदा।'

हम सबके हाथ मत्थे से जुड़े हुए थे, आँखें बन्द थी। सामूहिक प्रार्थना ऐसी गहरी असर वाली होती है क्या? यूनिवर्सिटी की इमारत, इमारत न थी, मानो थी कोई इबादतगाह। शुकराने से भरा दिल लिये हम सब अपनी कक्षाओं की तरफ़ मुड़ गये।

मेरी थीसिस जमा करने में कुल एक महीना बाक़ी था। मैं अब कक्षाओं के लिए नहीं जा सकती थी। प्रोजेक्ट को समेटना, क़िताबों की सूची तैयार करना, टाइपिंग, प्रूफरीडिंग आदि कामों में बुरी तरह जुटी थी। यदा-कदा मेरे छात्र-छात्राओं के फ़ोन आते। वे मेरे पढ़ाये हुए अध्यायों का स्मरण करते और कुछेक पाठ-सम्बन्धी समस्याओं के समाधान चाहते। मैंने उनसे वादा किया, अन्तिम सप्ताह भर मैं कक्षाएँ लूँगी और जिन्हें कोई दिक़्क़त आ रही है पाठ समझने में, वे आ सकते हैं तब। फिर मैं गयी थी सोमवार को। इसी जुम्मे को मेरी थीसिस जमा होनी थी। विभाग में इतने दिनों बाद मुझे देखकर सब प्रसन्न हुए और संकेत कर दिया कि साक्षात्कार भी होने वाले हैं, थोड़ा सँभल कर रहो। विभागाध्यक्ष के हाथों ही सब कुछ है। मैं मुस्कुरा दी। लेकिन उमा जी और सुहासिनी ने महताब सर से सम्बन्धित जो बातें मुझे बतायी तो मैं मुस्कुरा नहीं सकी। एक अनजान आशंका से मेरा हृदय काँप उठा। भयावह स्थिति थी। उन पर गम्भीर आरोप लगाकर कोर्ट केस कर दिया गया था। उन लड़कियों और उनके छात्र साथियों ने जाने किस फुसलावे में आकर बयान दिया था कि महताब सर न केवल उनके दुपट्टे खींच लिया करते थे, चॉक मारते थे, कभी भी बाजू पकड़कर पीठ मल दिया करते थे। छात्रों ने कहा–जबरन सिगरेट पिलाते थे और कुछ ऐसे अश्लील आरोप भी लगाये गये, जिन्हें 'मोलेस्टेशन क्राइम' के रूप में चिह्नित किया गया। विभाग के भी कुछ लोगों ने बढ़कर कहा–'वह इस्लाम प्रचारक था।' किसी ने आपत्ति उठायी–म्लेच्छ होकर गायत्री मन्त्र का उच्चारण कैसे कर सकता है? यह सब सुनकर सुन्न होती जाती मैं बोल पड़ी–किसी ने यह नहीं कहा, जितने भी कृष्णभक्त कवि हैं, भक्तिकाल के अधिकांश मुस्लिम हैं? क्या यह सही नहीं है? क्या कोई भी उनकी तरफ़ से सामने नहीं आया? घनश्याम बैरवा जी ने कहा, वह स्वयं सामने नहीं आया कभी खुलकर। यह तो अपने को मारना ही हुआ न? अभी भी उसकी तरफ़ से कोई प्रत्युत्तर नहीं है। आगे देखें क्या होता है?

यह भयानक षड्यन्त्र था। लेकिन इतना अधिक भयानक था–इसका अन्देशा किसी को भी न था। दो दिन बाद की ही बात है। तीन बजे वाली क्लास में छात्रों के अनुरोध पर पढ़ाना शुरू ही किया था—

'दुखों के दागों को तमगों-सा पहनना;
अपने ही ख़यालों में दिन-रात रहना;
असंग बुद्धि व अकेले में सहना;
ज़िन्दगी निष्क्रिय बन गयी तलघर।'

कि देखा उमा जी इशारे से मुझे बुला रही हैं। मैं छात्रों से कहकर बाहर आयी। बदहवासी से उनके चेहरे का रंग उड़ गया था। उन्होंने मेरा हाथ पकड़ लिया। मैंने महसूस किया कि वे हल्के से काँप भी रही हैं। मैंने पूछा–'क्या हुआ दी? बताइए न?' उन्होंने कहा, 'कुछ लोगों की चाल है। मुझे पक्की ख़बर मिली है ड्रामे की जिस रिहर्सल में महताब जी जाने वाले हैं वहाँ कुछ ऐसे छात्रों का हुजूम है, जो इनके मुँह पर कालिख पोते और जाने क्या-क्या करे?' उनकी हालत देख और यह सब सुन मेरे भी रोंगटें खड़े हो गये, 'अरे यह कैसे? एक शिक्षक का, ऐसे शिक्षक का ऐसा अपमान? यूनिवर्सिटी की यह इमारत शर्म से गिर नहीं जायेगी, शिक्षक के प्रति ऐसा अमर्यादित आचरण देखकर? 'यह तो बहुत ग़लत है, बताइए क्या करें?' उन्होंने कहा तू ऐसा कर, मेहताब जी को रिहर्सल जाने से रोक और पिछले गेट से निकाल कर ले आ। मैं अपनी गाड़ी उधर ले जाकर स्टार्ट रखूँगी। उन्हें यहाँ से निकाल ले जायेंगे हम। अब मेरे हाथ-पाँव काँप रहे थे। मैंने उनका हाथ कसकर थाम लिया। फिर हकलाते हुए पूछा, 'क्या महताब सर को इस बात की ख़बर है?' उन्होंने कहा, 'मालूम नहीं। लेकिन एकदम टाइम नहीं है। तू मदद करेगी?' हाथ-पाँव ही नहीं मेरा पूरा बदन काँप रहा था–'अरे वाह री बहादुर स्त्री! तू कैसी करुणामयी? लेकिन पता भी है इसका परिणाम क्या हो सकता है?' सोचते ही मेरी आँखों के आगे अँधेरा छाने लगा। उमा जी के चेहरे पर विषाद की काली

छाया थी कि क्षणांश में विद्युत तरंग-सी कौंध गयी, वे दो छोटी कत्थई आँखें, जिनमें रोशन रूह का नूर भरा था, जो सबमें हिम्मत का संचार कर देता था। मेरे कानों से माया एंजेलो के शब्द टकराये–'सभी गुणों में साहस सबसे महत्त्वपूर्ण है।'

वक़्त बहुत कम था। अब तक बाहरी गेट की तरफ़ से कुछ हो हल्ला की आवाज़ें भी आने लगी थीं। बिना वक़्त गँवाये, मैंने कहा–'हाँ, ज़रूर, आप चलिए।' मैंने पर्स उठाया और छात्रों से कहा–'तुम लोगों के अध्यापक पर विपदा आयी है जलील करना चाहते कुछ लोग।' सब चौकन्ने हो उठे। मैंने उनसे फुर्ती से कहा, महताब सर को ढूँढ़ो, जहाँ मिलें उन्हें लेकर पिछले गेट पर पहुँचो, जितनी जल्दी हो सके और मैं दौड़ पड़ी। गेट के अगली तरफ़ कोलाहल बढ़ता जा रहा था कि देखा सामने पार्क के उन्हीं पथरीली छोटी टीलों को सधे क़दमों से पार करते महताब सर रिहर्सल के लिए उसी दिशा में बढ़े जा रहे हैं। मेरा गला सूख गया। क्या कहकर पुकारूँ...कैसे पुकारूँ...और फिर ज़ोर से पुकार उठी–महताब..ऽ..ऽ सर...ऽ...ऽ.। मुझे देख उन्होंने सिर तक ले जाकर लम्बा सलाम ठोंका।' और फिर चल पड़े। मेरी साँसें रुक गयीं। तब तक देखा, मेरे कुछ छात्र उन तक पहुँच गये हैं। फिर क्या बात हुई, क्या सुना, क्या समझा–मालूम नहीं। लेकिन देखा वापस वे मुझ तक मुड़ आये हैं। बाहरी छोर से छात्रों का एक रेला शोर करता हुआ हमारे पीछे लपका। मैं उन्हें लेकर पिछले गेट की ओर भागी। काले रंग की 'होंडा सिटी' स्टार्ट खड़ी ही थी। हम बैठे। छात्रों को आँखों से धन्यवाद किया और निकल आये।

दो दिन बाद मैंने थीसिस जमा कर दी। बाद में सुना, उमा जी को बहुत टीज़ किया गया। उनकी प्रमोशन भी रोक दी गयी। मेरा तो साक्षात्कार-पत्र ही दबा दिया गया। फिर बहुत-बहुत दिन बीत गये। कभी-कभी उमा जी के फ़ोन आते तो वे बतातीं महताब सर सस्पेंड कर दिये गये हैं। केस चल रहा है, जाने क्या होगा। वे तो कुछ रुचि ही नहीं लेते न घर से बाहर निकलते हैं। बस अपने पढ़ने-लिखने में ही डूबे रहते हैं।

उधर, मैं अपनी ज़िन्दगी में मसरूफ़ हो गयी थी। पुरानी स्मृतियाँ धुँधली पड़ गयी थीं और कुछ याद आता भी नहीं यदि मैं सोशल मीडिया पर फेसबुक से न जुड़ती। नयी तकनीक को हैंडल करना सीख ही रही थी अभी। उस समय नेट डाटा के लिए एक पेन ड्राइव, जैसा 'मॉडम' आता था। जिसकी स्पीड भी काफी स्लो होती। फिरकी घूमती रहती और धीरे-धीरे मेरे सामने आभासी दुनिया का नया दरीचा खुलता। मैं ख़ुशी से भर जाती, जब पीछे छूट गये छात्र-छात्राएँ मुझे यहाँ आकर मिलते। मेरे पढ़ाये पाठों को याद करते। मैं अपनी नज़रों में सम्मानित हो उठती। अचानक एक दिन देखा मैसेज, महताब सर का—

'कहाँ हैं, कैसी हैं?'

'सर!!! अरे सर आप?'

मुरझाया, बेतरतीब और अधपकी दाढ़ी वाला चेहरा जो अपनी प्रोफाइल पिक्चर में भी चश्मा लगाये, शॉल ओढ़े कुछ पढ़ रहा है, जाने कविता सुना रहा है। पहचान ही नहीं पाती, जो नाम न देखती। 'महताब आलम' स्क्रीन पर फ्रेंड रिक्वेस्ट के लिए आया नाम चमक रहा है। मैंने एक्सेप्ट किया ही था कि डाटा गुम...फिरकी गोल-गोल घूमती...

पुरानी स्मृतियाँ घेरने लगी मुझे। यह अक्टूबर चल रहा था। वातावरण वैसी ही फुरेरियों से भरा था, जैसा मार्च में हो जाता है। मन वाचाल हो उठता है। जब आती सर्दी की धूप, छाती मदहोशियाँ उसे गुदगुदाती हैं। तमाम फूल अपनी डालियों पर खिले इतरा रहे थे। परागकण से धरती सेज बनी इठला रही थी। मदमाती महक से फिजाएँ गुलज़ार थीं और पीछे छूट आये गलियारों से एक आवाज़ मुझ तक रह-रह आती थी—

'तेरी सूरत से है आलम में बहारों की सी बात
अब भी दिलकश है तेरा हुस्न मगर क्या कीजे
राहते और भी हैं, वस्ल की राहत के सिवा...'

आँखें खुलीं और मैसेंजर पर निगाह गयीं। फिरकी का घुमना रुक गया था और वही शब्द नाच रहे थे, जिन्हें अभी-अभी तसव्वुर में मैंने जाना था—

'मैंने समझा था के तू है तो दरख़्शां है हयात
तेरा ग़म है तो ग़म-ए-बहर का झगड़ा क्या है
लौट जाती है इधर को भी नज़र क्या कीजे
पहली-सी मोहब्बत मेरे महबूब न माँग..'

सन्त्रास में आत्मबल हँसता है। मैं हँस पड़ी...

'ज़रा भी नहीं बदले, महताब सर आप?'

'ऐ वक़्त, हम कब से तेरे बदलने की ताक में बैठे हैं।' महताब सर ने कहा–

'क्या चल रहा है? यहीं हैं तो कल शाम आइए। नाचीज़ की यौमे पैदाइश है।

महफिल सजेगी। आपका इन्तज़ार है।'

'अरे वाह जी! ख़ूब मुबारकबाद।'

'मुबारकबाद आकर दीजिए। पुराने साथियों से भी मुलाक़ात हो सकेगी।'

'जी! मैं कोशिश करूँगी।'

'कोशिश क्या...आइए।'

और फिर फिरकी गोल-गोल...नेट डाटा ख़त्म। बहुत बाद में डाटा आया तो देखा-सातवीं मंजिल, फ्लैट 703 समय...। यह शायद उनके घर का एड्रेस था।

मैं नहीं जा सकी। जाने मन को कुछ हुआ था या जाने पैरों को। नहीं गयी। नहीं गयी तो नहीं ही गयी। 'विश' भी नहीं किया। बोल भी न सकी कि इन्तज़ार न कीजिएगा। फिर मन में आया, मैं कौन इतनी ज़रूरी शख़्सियत? हाँ, एक बात जो मैं छिपा गयी, अपने आपसे भी कि अपनी

धड़कनों पर जाने क्यों ऐतबार न था। जाने क्यों पता चल गया था कि मेरे दिल पर अख़्तियार किसी और को भी था। बेख़याली में वैसे ही सो गयी। रात का पिछला पहर न बीता होगा, गहरी नींद में डूबी थी कि फ़ोन की घंटी घनघनायी। फ़ोन उठाया तो एक बोझिल भारी आवाज़–'आयीं क्यों नहीं? मालूम है आपको, कितना इन्तजार कराया आपने? अभी तक करता रहा हूँ। क्यों नहीं आयीं आप...?'

'जी....। मुबारक। जन्मदिन।'

आदमी में खीझ भर गयी मानो–'क्या मुबारक...? तुम्हें आना नहीं चाहिए था? कितने दिन... कितने साल... सालों मैंने अपने को ज़ब्त कर रखा...मैं सोचता था कि कभी ज़िन्दगी का कोई सिरा मेरे हाथ आये और उसके सहारे दूर उफ़ुक (आकाश) से भी ऊपर मैं पतंग की तरह उड़ता फिरूँ। मैं जिन्दगी में मोहब्बत ही तो चाहता था...।'

'सर...'

'महताब कहकर क्यों नहीं बुलातीं मुझे। मेरे पास वक्त कम है। शायद कभी नहीं फिर कह सकूँगा कि वह लाल सलवार कमीज और दो चोटी वाली लड़की से मुझे मोहब्बत है मोहब्बत है...बेइन्तिहाँ मोहब्बत है...।'

'रुकिये, रुक जाइये प्लीज...'

'मुझे मालूम है तुम्हे हैरत हो रही होगी लेकिन तुम्हारा एक रुमाल, पानी की एक बॉटल और एक फोटो, तुम चाहो तो दिखा दूँगा, हर वक़्त मेरे पास है, मेरी ज़ेब में। कसम ख़ुदा की, बस तुम्हें चाहा।' मैं चुप थी। क्या कहूँ कुछ समझ नहीं आ रहा था। मुझे यह भी लगा, इस व्यक्ति ने अभी पी रखी है शायद और होश में नहीं है। डर भी गयी। बिना कुछ कहे, फ़ोन रख दिया। नींद तो सिरे से गुम हो चुकी थी। दुबारा घंटी बजी। उफ़्फ़! यह किन झंझावातों में फँसती जा रही है ज़िन्दगी? मैंने नहीं उठाया। फिर घंटी बजी और थककर स्वयं चुप हो गयी। दूसरे दिन मैसेंजर पर एक फोटो था। साधारण सलवार कुरते पर बड़े सलीके से पिन टिकाये,

चुन्नी ओढ़े सजी, दो गुँथी चोटियाँ, एक पतला चेहरा। ब्लैक एंड व्हाइट इस फोटो पर कुछ लिखा था, हस्ताक्षर या मुहर जैसा भी था। मुझे याद आया नया लाल सूट बड़ी बहन ने सिला था। बरामदे में मशीन रखकर। बड़ी यूनिवर्सिटी में दूर एडमिशन मिला है, उसकी पढ़ाकू छोटी लाडली बहन को। माँ ने उसी के साथ भेजा था बाजार। क़स्बे के इकलौते राज स्टूडियो में फोटो खिंचवाने! पूरे आठ कॉपी बनवायी थी और सभी जगह पीएच.डी. पूरी करने तक हर कार्यालयीय ज़रूरतों में यह पासपोर्ट साइज फोटो ही चस्पाँ होता रहा था। अचानक हूक की तरह कलेजे में मरोड़ उठी। छूट गया अँगना, घर, गली, मोहल्ला, छत पर बिछी चटाई, टूटी गर्दन वाली सुराही, माँ का करुण चेहरा, बहन की छुपती-छुपाती पनियाली आँखें...एक प्यासी चिड़िया की ज़ख़्मी चोंच की तरह मुझे तड़पाने लगे। मैं फूट-फूट कर रो पड़ी। निगाह मैसेज पर गयी। वहाँ लिखा था–'तुम्हें क्या लगा मैंने पी रखी है। हाँ पी थी। तुमसे झूठ नहीं कहूँगा। लेकिन सच है, सारी रात इन्तज़ार किया। सारी उम्र इन्तज़ार करूँगा और यह भी सच है कि मैंने तुमसे मोहब्बत की है। करता रहूँगा।'

मैं सिर पकड़कर औंधी लेट गयी। छुट्टी का आवेदन भेज दिया। सारे दिन भटकती रही अतीत की गलियारों में। लेकिन याद नहीं पड़ा कि कोई इस तरह दीवानगी से मुझे चाहता रहा था। सुधीर, शुरू से आगे पीछे इस प्रकार और उसने ऐसा घेरा डाल रखा था कि सुरक्षा, संरक्षण की चाह की आदत हो गयी थी मुझे। उससे शादी के बाद तो बस एक खूँटे से बँधी गाय थी। कभी अपने लिए कुछ सोच न सकी, न अपने को जान ही सकी। जो चाहा, उसी ने चाहा। जो पाया, उसी ने पाया। आख़िर मेरा क्या कुछ बाक़ी रह गया था मुझमें जो यूँ चीत्कारता है? यह कौन-सी महक है जो मुझे मेरे वजूद से निकलती जान पड़ती है? यह कौन-सा धुआँ है जिसके लपेटे में मैं ख़ाक हो जाना चाहती हूँ? किसी के होने से आनन्द क्या और न होने पर वीरानी क्या होती है–इसकी तो मैं अब व्याख्या कर सकती हूँ। यह किसकी आवाज़ है जो मेरे अन्दर धँसी हुई है, अधीरता से चीख़ती है–'मोहब्बत है...।' 'मोहब्बत है...।'

मैंने घबड़ाकर अपने हाथों से अपने कानों को ढँक लिया–'कह दो इन हसरतों से कहीं और जा बसें... इतनी जगह कहाँ है दिल-ए-दागदर में...' आँसू छटपटाते रहे। कुछ दिन ऐसे ही तड़फड़ाते हुए मैंने लम्हों को सदियों की तरह काटा। फिर न रहा गया तो उमा जी को फ़ोन लगाय और सारी बातें कह डाली। उनका प्रतिप्रश्न तो मुझे टुकड़ों में काट देने वाला सिद्ध हुआ–'अरे ये कौन-सी बात कह रही हो? तुम्हें नहीं मालूम था? यह तो सबको मालूम था कि तुम उनकी मोहब्बत हो। तुम्हारे यहाँ ज्वाइन करने से पहले से। यह कैसे कि तुम्हें नहीं पता? हालाँकि मैं कहती थी सुहासिनी से, इतनी मासूमियत से भरी तुम, तुम्हारा भोलापन, तुम्हार अनजानापन। लेकिन सुहासिनी ने भी कहा–यह नामुमकिन है। एक ही जगह से पढ़े हैं दोनों। महताब सर छिछोरे नहीं हैं और फिर जब सबको दीख रहा है तब उसे पता क्यों नहीं होगा?'

'नहीं उन्होंने मुझे नहीं बताया कभी।' कोई चट्टान दरकती हो मानो ऐसी तो मेरी आवाज़, जिसे थामते हुए कहा उन्होंने–'हो सकता है ऐसी स्थितियाँ न बनी हों कभी। जहाँ तक मैं जानती हूँ वे दूसरों की इच्छा को बहुत सम्मान देने वाले व्यक्ति हैं। न बनी होगीं ऐसी स्थितियाँ और यह तुम दोनों का मसला था और तुम हमेशा पक्ष लेती तो थी। याद नहीं है अपने कैरियर को लात मारकर तुमने उन्हें बचाया। यही बात सुहास्निी से पूछ रहे थे 'बड़े सर' तो उसने उन्हें भी बता दिया।' चट्टान में बारूद का सिरा बाँध गया कोई अनर्थ! घोर अनर्थ! लरजने लगी आवाज़ मेरी–'क्या बता दिया था?'

'अरे, वही सब। इंटीमेसी वाली बात। तुम्हारे इस चयन के साक्षात्कार में महताब सर शामिल हुए। उन्होंने बाद में पार्टी भी दी थी विभाग को कि दो चोटी और लाल सलवार कमीज वाली लड़की, जिसका फोटो वे हमेशा बायीं बाजू वाली ज़ेब में रखा करते, वह तुम हो। कैसे तुम्हें नहीं पता?' गले तक ख़ामोश थी मैं। अन्दर आँधियाँ चल रही थीं। उमा जी बता रही थीं–'बहरहाल, स्थितियाँ बहुत ख़राब हैं। तमाम अख़बार,

चैनल्स उनके ख़िलाफ़ हैं और आज एक वीडियो क्लिप्स भी दिखाये जायेंगे जिनकी बाबत उन्होंने कुबूल कर लिया है अपना गुनाह। ओह... क्या है वीडियो में? उसी लड़की ने सुबूत पेश किया है कोर्ट में.... कि एक दिन उन्होंने उसे घर भी बुलाया था। नाटक के अन्त में, चाय के बहाने। कुछ घोल के पिलाया था और बलात्कार की कोशिश की थी।'

'उफ़्फ़!! यह झूठ है।'

'हाँ हम सब जानते हैं, यह झूठ है। लेकिन जब वही कह रहे हैं कि यह सच है तो?'

'दी, यह कैसे पॉसिबल है? कोई आदमी किसी स्त्री से ताउम्र यह तक नहीं बोल सका...कि कहीं स्त्री बुरा न मान जाये कि वह उससे मोहब्बत करता है? किसी के साथ इस तरह ज़बर्दस्ती कैसे कर सकता है वह? क्या इतना बड़ा झूठ भी होता है कि एक ही समय कोई एक स्त्री को कहे कि उससे वह मोहब्बत करता है और उसी समय दूसरी स्त्री के साथ जबरन...?' यह सरासर झूठ है–मैं चीख़ पड़ी। उदासी से भरी आवाज़ थी उमा जी की–'हाँ, हम जानते हैं बाबू, लेकिन वह स्वयं स्वीकार कर चुके हैं कि यह सच है। कोई दूसरा और है भी नहीं जो उनके सपोर्ट में खड़ा हो। तुम्हें नहीं पता धीरे-धीरे समझोगी, विभागों के फसाद कितने विषैले होते हैं।'

वहशत भरी शाम। छटपट! छटपट! मैं खिड़की खोलने तक से कतरा रही थी कि बाहर बरसता ज़हर कहीं अन्दर न घुस आये। मेरे पास टी.वी. नहीं यहाँ। मेरे पास अख़बार नहीं। ख़बरें नहीं, लेकिन लैपटॉप तो है। उछल कर बैठी लैपटॉप ऑन किया। समय देखा साढे 10 बज रहे थे रात के। डाटा के बदले फिरकी घूम रही थी गोल...गोल...। शायद उन्होंने देखा मुझे खट् से मैसेज आया। 'कहाँ हो?' मैं, मैं नहीं थी मानो एक छोटी बच्ची थी। दो चोटी बाँधे लाल सूट वाली। चुहल भरे अन्दाज़ में लिखा, 'तेरी कोठी के नीचे...तेरे बाग़ों के पीछे...' एक स्माइली आयी उधर से और साथ आया एक जवाब–

'मुझे तुम्हारी ज़रूरत है' महताब सर ने कहा।

'मेरी क्यों? क्या हुआ है' मैंने पूछा।

'मुझसे एक ग़लती हुई है' महताब सर ने कहा।

'आपसे? ग़लती? क्या' 'क्या चल रहा है यह सब' मैंने पूछा। उमा जी ने बताया है कि किसी लड़की नवनीता ने आरोप लगाया आप पर.? इनकार क्यों नहीं कर देते आप?' उन्होंने लिखा–'मैंने किया है जब...'

'क्या? क्या किया है?'

'गलती की है।'

'गलती, कैसे क्या हुआ? मुझे बताइये।'

'उस दिन ड्रामे के बाद उसको ऊपर लाया। बोला, चाय बनाऊँगा, पीकर जाना। लेकिन फिर उसने ख़ुद ही मेरी अलमारी से व्हिस्की निकाल ली। गिलास में डाली और मेरे मुँह लगा दी।'

'ओह... तो आप... आप... पागल थे।' मैं चिल्ला पड़ी।

'हाँ, मैं पागल था। वह पिलाती गयी। चाय उबल उबल कर गिरती रही। वह धीरे धीरे मुझे दूसरे कमरे में ले गयी। फिर क्या हुआ, मुझे मालूम नहीं। मैं शर्मिंदा हूँ अपने आप से। जाने क्या क्या फोटो लिये गये... और वह सब आज टी.वी. में दिखाया गया है। मैं ख़ुद हैरान था देखकर... कुछ बोलना तो दूर की बात...मेरी शर्ट खुली हुई थी और वह...'

'लेकिन आप...आप ऐसे कैसे कर सकते हैं? आपने सच में यह सब किया?'

'हाँ, मैंने किया। मैं बस चुप था। वह जो कर रही थी, चाहता तो घोर नशे में भी धक्का दे सकता था। मना कर सकता था। लेकिन नहीं कर सका। वह पतली, लम्बी, साँवली-सी लड़की। लाल सलवार कमीज, दो चोटी बाँधे वह लड़की...मैं कुछ न कर सका...।' हरी बत्ती बन्द हो गयी थी।

मैं फूट-फूट कर रो पड़ी। मन हुआ भींच लू उसे कलेजे से। मन हुआ बचा लूँ उसे... निरपराध को बचा लेने की बेचैनी, जैसे एक दायित्व, एक सामर्थ्य, एक अपनइयत, एक मनुष्यता, बचा लेनी हो जैसे।

मैंने फ़ैसला किया, मैं दो दिन की छुट्टी लेकर जाऊँगी। जाऊँगी उसके पास। कोर्ट में भी जाना हुआ तो जाऊँगी उसके साथ। यह मेरे लिए ज़रूरी है। मेरे कलेजे में अँखुआते उस नन्हे पौधे के लिए जरूरी है जो बंजर भूमि में जाने कैसे उग आया है। अब मुझे बस सुबह होने का इन्तज़ार था।

नींद की झपकी लगी ही थी कि लगा कमरे का दरवाज़ा खुला है सामने। बन्द करना तो नहीं भूल गयी? बन्द तो किया था। बाहर तेज़ हवा है शायद। जाने कैसी फुसफुसाहटें हैं, सरगोशियाँ हैं। करवट बदला कि देखा वह है। वही सफ़ेद टीशर्ट। कॉलर उठाये। नीचे नज़र नहीं गयी। होगी वही डेनिम की ब्लू जींस। सिगरेट थी वही। महक थी वही। धुआँ था वही। देखा मैंने–कत्थई आँखें वही, वही उत्सुक चेहरा, स्याह होंठ, आँखों की पुतलियों पर धुँआती सफ़ेदी। साफ़ दिखा था मुझे। बैठा है कुर्सी पर।

मैं छन से उठ बैठी। आप? आप कैसे? यह कहती उठ बैठी। एकदम पास तो थे। एकदम पास थी वह कुर्सी। लम्बी पीठ वाली। मेरे पढ़ने की कुर्सी। जब तक उठती, उठ कर बैठी, कोई नहीं था। यहीं तो थे अभी। कमरा तो भरा हुआ है उसी धुएँ से। सिगरेट के उसी तल्ख़ महक से। धुएँ के गुबार उड़ते हुए धीरे-धीरे बाहर जा रहे हैं। महक ठहरी हुई है। बाहर तो नहीं चले गये? उतरी फटाफट मैं बिस्तरे से। धुएँ ने मुझे घेरा...गुबार... गहरी तीखी महक। दरवाज़ा भाँय-भाँय कर रहा है, हवाएँ सायं, सायं। मैं दौड़ कर बाहर आयी। आसमान में टूटे हुए सितारों के ढेर लगे हुए थे, और बादल मेरे कमरे में चले आये थे। अन्दर आकर सामने दीवार पर घड़ी देखी–'तीन बजकर चालीस मिनट।'

शायद सपना रहा हो कोई। मैंने टेबल से पानी का गिलास उठाया कि चौंक गयी। कुर्सी, मेरी पढ़ने वाली, ऊँची पीठ वाली कुर्सी हिल रही थी। मेरी आँखें फटी रह गयीं, मैंने देखा उसकी पीठ पर शिकनें हैं, जैसे अभी-अभी कोई बैठा हो और अभी-अभी उठ गया हो। मैंने पूरा गिलास हलक में उड़ेल लिया। कलेजे के नवजात पौधे को मानों कोई मरोड़े

डालता हो। एक महक अन्दर तक जाती हो, धुएँ का छल्ला बन बाहर निकलती हो। मैं उस गुबार को पकड़ नहीं सकती थी, छू नहीं सकती थी.... धसक कर बैठ जाना चाहती थी। लेकिन कुर्सी की टेक पर शिकनें थी। धुएँ के उस अन्तिम छल्ले ने जैसे ही दरवाज़ा पार किया, फ़ोन की घंटी बज उठी। मैं उछल पड़ी। भय और आशंका की एक सर्द लहर मेरी रीढ़ की हड्डियों में लहराई। सुहासिनी का फ़ोन था–'हेलो! हेलो! प्रिया, मैं सुहासिनी! सुन रही है? सुन...सब ख़त्म हो गया। आवाज़ नहीं थी, हिचकियाँ थी। पानी नहीं था, आँसू थे–'महताब सर ने अपनी बिल्डिंग की ऊपरी छत से छलांग लगा ली।' हाथ से फ़ोन छिटक गया–'क्या ऽ ऽ ऽ? क्या बोला इसने? किसके बारे में? क्या हुआ? किसको?' कुछ समझ नहीं आ रहा था.... और मैं दौड़ी, नंगे पैर बाहर दौड़ी मैं। बरामदे में ग्रिल के परदे सिकुड़े पड़े थे। टिमटिमा रही थी दूर जाती कोई रोशनी। हवा डोलती थी सायं-सायं। मानो विदा देती हों अधूरी ख़्वाहिशों को, अहसासों को, ख़्यालों को।

अन्दर बार-बार फ़ोन चीख रहा था। नीचे गिर गये फ़ोन को उठाया तो एक काग़ज़ का टुकड़ा भी साथ आया। उमा जी की आवाज़ थी–'बाबू सब ख़त्म हो गया। हम अस्पताल में हैं। डॉक्टर्स ने डिक्लेयर कर दिया है। उन्होंने छलांग लगा ली अपनी बिल्डिंग से। हम सब अस्पताल में हैं। तुम चली आओ बाबू, तुम आ जाओ... तुम में उनके प्राण थे।' वे रोने लगीं। फूट-फूट कर रो रही थीं मानो अपना बच्चा कोई जाता हो। मैं खामोश खड़ी थी। गला किसी तल्ख़ महक से घुटा जाता था। मानो कोई नये, ताजे लहलहाते पौधे की पत्तियों को बेदर्दी से नोच डालता हो। सिर का पिछला हिस्सा सुन्न हुआ जाता था। दर्द की तीखी लहर नाभि से रह रह उठती थी। अचानक कुछ याद आया, हाथों से छूटते फ़ोन को सँभाला और पूछा–'कितने बजे? कितने बजे हुआ यह?' रोते हुए ही उन्होंने बताया–'डॉक्टरों ने कहा, जब नीचे फर्श पर गिरे तभी। गिरते ही सब ख़त्म था रे। यह सुबह के ठीक 3:40 का टाइम था।'

मेरे हाथ से फ़ोन गिरकर टुकड़ों में बिखर गया। तीन बजकर चालीस मिनट? सदमे से सफ़ेद पड़ी मेरी नज़रें काग़ज़ के टुकड़े पर थी। अरे!, कैसे आया यहाँ, यह फोटो मेरा? राज स्टूडियो वाला? अपनी बहन के हाथों सिले सादे लाल सूट में, दो चोटी लटकाये, संस्थानों के ठप्पों से जिसका चेहरा धुँधला पड़ चुका था, जिसके बारे में लोगों को पता था किसी की बायीं बाजू वाली ज़ेब में रहती है वह लड़की...किसी की धड़कन बनकर...

कौन लेकर आया था इसे? ठीक तीन बजकर चालीस मिनट पर?

आई विल कॉल यू

न गुले-नग़्म हूँ, न परद-ए-साज
मैं हूँ अपनी शिकस्त की आवाज़।

जैसे ही मोबाइल का डाटा ऑन किया, खट्,खट् कर कई मैसेज दस्तक देते चले आये। इतनी तेज़ी से सबकी ख़बरें स्क्रीन पर चमक रही थीं, मानो कई बेचैनियाँ अपने को व्यक्त करने के लिए विद्युत-कौंध-सी तड़फड़ा रही हों। स्थिर होते ही व्हाट्सएप पर उक्त शे'र के साथ जिस फ्रेंचकटनुमा दाढ़ी वाले सुदर्शन युवक पर नज़रें ठहरीं, उसके मैसेज ने मुझे बेतरतीब कर दिया–

'रौ में है रख्शे उम्र, कहाँ देखिए थमे।
नै हाथ बाग़ पर है न पैर रकाब में।'

'दिल से शुक्रिया! आपके फ़ोन से मेरा काम हो गया। राधिका को मेरा प्यार। आई विल कॉल यू...इफ यू विश!'

ख़ून पीते मच्छर को जैसे हम झपटकर मारते हैं, कुछ उसी अन्दाज़ में झपटकर मैंने मोबाइल ऑफ़ किया। आँखें बन्दकर सोचा–राधिका को बताऊँ या नहीं? कुछ दिनों पहले की ही तो बात थी, आपस में कोई परदेदारी न थी। पता नहीं, सबकी ज़िन्दगी में ऐसे पल और क़िस्से आते हैं, जो न किसी को बताये जा सकते हैं न बाँटे? हमारे बीच भी ऐसा ही कुछ होने लगा था। ज़िन्दगी रेल-सी गुज़र रही थी और हम पुल की तरह थराथरा रहे थे।

वह जून का महीना था। गर्म लू के थपेड़ों और कड़कती धूप से हॉस्टल का कमरा ऐसा तपा हुआ जंगल हो जाता था, जिसकी खिड़कियों को घेरे पीले अमलतास पूरे कमरे को सुरमई रंग से दहकाये रखते। एक दिन दौड़ती, हाँफती वह आयी और मेरी गोद में गुलमोहर-सी ढह गयी–

'सुन, एक काम था।'

'हम्म, क्या? बोल?'

'करेगी...?'

'हाँ, बोल न?'

'इतने लोगों से जान-पहचान है तेरे रोहित की, एक फ़ोन करवा सकती?'

'फ़ोन? कहाँ, किसे? क्या हुआ, बता तो ...'

बताने के बजाय उसने अपना सिर करवट लेकर तकिये में छुपा लिया।

'अरे, अरे! हुआ क्या है, बता तो...'

'किसी के पैसे रुके हुए हैं। बॉस गुंडई कर रहा है, मिनिस्ट्री से एक फ़ोन जायेगा, ग़रीब के पैसे मिल जायेंगे।'

'धत्! कोई बात है यह? नम्बर दे। हो जायेगा...' कहते-कहते जो उसकी झुकी ठोढ़ी उठा रतनारी आँखों में झाँका तो दंग रह गयी। एक कोई और भी था वहाँ, जिससे मेरी पहचान न थी।

राधिका और मैं एक ही जगह से यहाँ आये थे। पड़ोसी थे हम। साथ बड़े हुए। संयोग था कि ग्रेजुएशन के बाद दोनों को दिल्ली के विख्यात विश्वविद्यालय में साथ ही दाख़िला मिला। साथ होने का फ़ायदा यह हुआ कि घर से बाहर इतनी दूर पढ़ने आने की अनुमति मिल गयी। दोनों घरों में असहमति के बादल तब छँटे जब मेरे मंगेतर ने आश्वासन दिया कि वह गुरुग्राम (गुड़गाँव) में नौकरी करते हम दोनों की देखभाल भी करेंगे और राधिका अपने आई.ए.एस. बनने के सपने को कोचिंग ज़्वाइन कर आराम से पूरे कर सकेगी। बेबे को मनाना बड़ा मुश्किल काम था। उसे

तो हमारे आगे पढ़ने पर ही ऐतराज़ था। बहरहाल, घर की इज़्ज़त निभाने के वादे और नसीहतों के बक्से भरकर हम रवाना हो पाये।

हम दोनों को एक ही हॉस्टल अलॉट हुआ। कमरे अलग थे। राधिका ऊँची मंजिल पर मैं नीचे ग्राउंड पर। राधिका की रूममेट नाज़िया दिल्ली की ही रहने वाली थी, इसलिए वह हॉस्टल में कम ही रुकती। मेरी रूममेट का नाम वन्दना था। उसकी नयी शादी हुई थी। भरमाँग सिन्दूर और ख़ूब मैचिंग चूड़ियों से सजी-धजी वह मुझे अजीब लगती। कई बार मुझसे बिना पूछे मेरी टीशर्ट और जींस पहनकर घूमने निकल जाती। एक बार तो मैंने सख़्ती से मना ही कर दिया। मेरी आपत्ति का एक विशेष कारण था, जिससे मैं बहुत सहज नहीं रह पाती थी। घर से पहली बार दूर मैं अजीब ख़ाली-ख़ाली थी और वह जाने कैसे बहुत भरी-भरी-सी लगती। कहीं बाहर से आती तो उसे किसी कोने या दुराव की ज़रूरत भी नहीं होती, बेहिचक वह अपने कपड़े बदलने लगती। यह अजीब था कि जैसे ही उसके कपड़े कमरे में फैलते एक तीखी हरियल महक मेरा दम घोंटने लगती। यहाँ तक कि धो लेने के बाद भी कपड़े उसी महक से महकते रहते। यह महक न जाने उसके वजूद से आती या मेरी ही किसी अदृश्य तहख़ाने की भंभर होती या कोई और, जो उसमें भरा रहता, कपड़ों के उतरते ही सरसराहट की तरह पूरे कमरें में तेज़ी से फैलने लगता। कच्ची मेहँदी और पसीने से मिली-जुली यह तेजाबी गन्ध मुझे असह्य थी। मैं कसमसा उठती।

मेरी मँगनी हो चुकी थी। महीने के पहले रविवार को रोहित हमसे मिलने आते। उनका रूम-पार्टनर परवेज भी कभी साथ होता, जो बी.टेक के बाद आई.ए.एस. की तैयारी कर रहा था। जब वह आता। मैं रोहित, राधिका और परवेज बाहर लंच के लिए जाते, ख़ूब बातें करते, कभी सिनेमा भी देख आते, राधिका और परवेज की ख़ूब नोक-झोंक चलती। भाषा की समस्या से लेकर लव-जिहाद तक की घटनाओं पर तीखी बहसें होतीं। कई बार राधिका ही हल्की पड़ती, लेकिन तुरन्त फिर चिढ़कर

चिढ़ाती–तुम तो हो ही आतंकवादी! हँसते-खेलते परवेज का चेहरा एकदम स्याह पड़ जाता, लेकिन तुरन्त सँभलते अपनी ज़बान में ठिठोली घोलते जब वह कहता—'क्या कभी मुसलमान ने कोई नुकसान पहुँचाया है आपको? या केवल नेताओं के कहने पर? मनुष्य में जाति, धर्म के आधार पर ऐसी नफ़रत न पालिए हुजूर।' तो खिलखिला हंसती, अँगूठा चिढ़ाती राधिका खट्-खट् अन्दर हॉस्टल चली जाती। दूर तक उसकी पीठ देखता परवेज सिगरेट सुलगाता ढाबे की ओर बढ़ जाता।

मैं और रोहित, शाम गहराने तक वहीं नीम अँधेरे में साथ बैठे रहते। यह साथ बैठना धीरे-धीरे कब हाथ पकड़कर अपने को भूल दूसरे को महसूसना हो गया-पता ही न चला। बेबे की दी तमाम नसीहतों को पीछे धकेलते मादक रकाब नयी चाहतों के साथ कब मेरे कलेजे में धाड़-धाड़ बजने लगा और मैं शर्म से कैसे, कब लाल होने लगी, मुझे ख़बर तक न हुई। ऐसे में राधिका जो तंग करने वाले प्रश्न पूछती है, उन्हें पूछ लूँ क्या? वह तो फिर छेड़ेगी–'कोई बात हुई? नया कुछ घटा?' लेकिन यह सब कोई पूछने की बात है? मैं क्या कोई भी कैसे जान सकती यह बात? हृदय के तार भी मानो जुड़े हैं। मेरी उद्विग्नता को तत्काल रोहित ने महसूस किया, पूछा–'क्या बात है, क्यूँ परेशान लग रही? बताओ, कोई बात है तो?' मैं नज़रें चुराने लगी और बेवजह जिस ओर देखने लगी, पीछा करती रोहित की नज़रों ने भी उधर देखा–नाजिया किसी गाड़ी से उतरी है, अपना झोला समेटते, अन्दर चेहरा करते, किसी से विदा लेते और डगमगाते क़दमों से अन्दर हॉस्टल की ओर बढ़ते। उसकी ऐसी हरकतों से ही मैं शायद हतप्रभ हूँ, उसने ऐसा अनुमान करते ही कहा–'यह कोई नयी बात नहीं। परेशान न होओ। बड़े शहरों में आकर, देखादेखी अपना दिमाग़ इस्तेमाल न करने से आज़ादी उच्छृंखलता में बदल जाती है। ध्यान से रहना यहाँ'...वह कुछ और भी कहता तब तक मेरे दिल ने सुकून की एक अँगड़ाई ली कि आज नाजिया जा रही है अपने रूम में। तो राधिका वहीं बिजी रहेगी। उसके उटपटांग प्रश्नों से आज मुझे निजात मिली।

एकदम हल्की हो आयी मैं। सहजता से रोहित की बाँहों पर अपना सिर टिका दिया। किसी गिरह खुलने की उन्मुक्तता को उसने भी महसूसा और ...मुझे कसके लपेटते हुए अपना चेहरा मुझ पर झुका लिया। आह...।

आह...दबकर मर न जाऊँ इस सुख से। देह का एक-एक कोना उमग आया। आन्तरिक उष्मा भाप बनकर मेरे अस्तित्व को पिघलाने लगी। होश खोती मैं उसके सीने में बछिया-सी सिर रगड़ रही थी। प्यार की भीगी छुअन और सीने से आती मदमाती गन्ध किसी अन्धे कुएँ में मुझे धकेलती कि नज़रों में बेबे कौंध गयी–ग़लत! ग़लत!! ग़लत!!! फिर कैसी तो अचकचाती, आधी सीढ़ियाँ फलाँगती मैं दौड़ी चली आयी। साँसों के दुरुस्त होते ही राधिका याद आयी–'क्या ग़लत इसमें? कुछ नहीं! यही तो प्यार है। यही तो नयी घटना है। प्यार में थोड़ा बिन्दास होना है। बिन्दास? इस शब्द से मेरी आँखें चमक उठीं।

राधिका बहुत आगे की सोचने वाली लड़की है। आई.ए.एस. की तैयारी कर रही है। कोचिंग में ग्रुप-डिस्कशन करती है। नये-नये डिजाइन के कपड़े भी पहनने लगी है। नाजिया का साथ उसे और भी तेज़ी से बदल रहा है। हम सब भी तो तेज़ी से बदल रहे हैं। जब से मोबाइल के वाई-फाई कनेक्शन हॉस्टल को मिलने लगे हैं, सभी लड़कियाँ बदल रही हैं। अब पास के कमरों में शोर नहीं सुनाई पड़ता। टी.वी. देखते समय चैनल्स को लेकर तकरार नहीं होते। हालाँकि ढाबों की शामें अभी भी गुलज़ार होतीं। पढ़ाई, राजनीति, किताबें, धरना, जुलूस की बातें होतीं, लेकिन रात होते ही मोबाइल सबका जीवन बन जाता। डिनर के बाद होने वाले साहित्यिक, राजनीतिक, सामयिक व्याख्यानों में सबकी मौजूदगी कम होने के साथ-साथ लोकल और ग्लोबल मुद्दों पर चीखने-चिल्लाने वाले भी अब कम बचे थे। इस प्रकार की अनेक गतिविधियों से कटकर कई तरह के दिव्य ज्ञानों से जो परिचय बढ़ रहा था, वह बिन्दास था। यह एक नयी तरह की ललक थी। जितना इसे बरतो, उतनी ही बढ़ती थी। राधिका ऐसे, दिव्य ज्ञानों का इस्तेमाल मुझ पर ख़ूब करती।

रोहित के पतले-दुबलेपन का मज़ाक़ उड़ा लेती। उतना तो ठीक था, लेकिन वह नाजिया के साथ इतनी बिन्दास होती जा रही, इस बात पर मुझे अजीब ग़ुस्सा आता। मुझसे कहती–

'सुन! पहले से ही देख ले, चख ले। जो सन्तुष्ट नहीं कर पाया फिर तो तू कुछ नहीं कर सकती, फँस गयी तो फँस गयी। गयी तेरी भैंस पानी में ...।'

अर्थ समझकर मैं दंग रह जाती। अवाक् कर देने वाली बात। हम यह बात कैसे जान सकते? कभी-कभी डर भी जाती। सच तो नहीं है उसकी बात? दुनिया को वह चौकनेपन के साथ पढ़ सकती है। मैं अपने तर्क ढूँढ़-ढूँढ़ कर लाती–ऐसे तो हमारे यहाँ इतनी शादियाँ हुई? इतने हहराकर सबके बच्चे हुए?

जब मैं ऐसा कहती वह ही–ही ठी-ठी कर ख़ूब हँसती। मुझसे कहती–'बच्चे होने से यह मतलब थोड़े ही है।'

'मतलब?'

'मतलब, कि बच्चे तो हो ही जाते हैं'

'बच्चे कैसे होंगे, यदि कोई कमी होगी तो?'

'ओफ़् ओह ....। तुम डफर हो एकदम।'

'कभी कुछ नहीं समझोगी, जाओ भुगतना।'

भुगतने तो मैं लगी थी। एक डर बैठ गया था मन में। उसकी बात नुकीली कटार की तरह छाती में धँसी रहती। पैनी और ख़तरनाक चुभन मानो दड़बे की मुर्गी बिन मरे छटपटाये। कैसे कोई लड़की जान सकती यह बात? जब तक दो-चार को बरतो नहीं कैसे पता कि कौन सन्तुष्टि दे सकता, कौन नहीं? यहाँ तो एक ही मिल जाये ठीक-ठाक, नाप-तौल, जाति-बिरादरी में सन्तुलित, फिर अर्थी ही तो बाहर निकलती है। ऊपर से एक दिव्य ज्ञान और कि रंग-रूप, आकार-प्रकार से ज़्यादा मतलब नहीं। तो सिर्फ़ बातें? जो बातों से फुसला ले? जहाँ हृदय नहीं, वहाँ कोई भी समर्पण भला कैसे सम्भव है? मुझे मेरे भगवान याद आ जाते। हे भगवान!

जैसे अन्य सभी हिन्दुस्तानी औरतों की रक्षा करता है, ऐसे सुनामियों से, मेरी भी अरज तुम्हें ही। उधर टी.वी. के विज्ञापनों ने अलग दिमाग़ ख़राब कर रखा था। एचआईवी टेस्ट कराओ अपने मंगेतर का.... कैसे मुमकिन है? क्या बोलें, कैसे बोले? ये बातें हम मर जायें, बोल न पायेंगे। कैसे नये-नये संकट सामने खड़े थे।

प्रत्यक्ष में कहती, अरे सब हो जाता है। ठीक ही होगा सब। तमक कर कहती वह–हाँ, हाँ, सब ठीक ही होता है, हम लोगों के लिए। ग़ुलामी करने हमें जाना है। विदा हम होते हैं। घर बदल जाता है। खाना बनाने की बग़ैर तनख़्वाह नौकरी मिलती है। बच्चे हमें जनने हैं। दर्द हमें होता है इंज्वॉय कौन करता है। हम तो जी, इस्तेमाल होने वाली शै ठहरे। हम तो नहीं करते किसी को इस्तेमाल? लेकिन इंज्वॉय कर सकें, इसके लिए भी हमारे हाड़-मांस पर प्रतिबन्ध? हमारी भी इच्छाएँ हैं...हमारा भी तो मन हो सकता है न?

'अरे, इसमें इनकार कहाँ है? इसीलिए तो शादी करेंगे न? बेशर्मी पर थोड़े उतर आयेंगे...तुम्हारी नाजिया की तरह?' धीमे से मेरे मुँह से निकल ही गया।

'बेशर्मी? यह बेशर्मी है? तू क्या जानती है उसके बारे में! उसके घरवाले कितने पुराने घिसे हुए लोग हैं? पढ़ना-मरना तो दूर वे उसे जीते-जी दोजख की आग में धकेलना चाहते हैं। किसी तलाक़शुदा बूढ़े से निकाह तय करके। लेकिन देखना वह भाग जायेगी। पैसे जमा कर रही है। पासपोर्ट बनवा लिया है।'

'भाग जायेगी? किधर जायेगी? हैरानी से मेरा मुँह खुला रह गया।' 'मुँह तो बन्द कर अंकल' मसखरे अन्दाज़ में उसने कहा–देख! आ, इधर देख। अल्मारी का दरवाजा खोल हाथों में उसके कपड़े निकाल-निकाल कर उसने बिस्तरे पर डालने शुरू किये–लाल लेसदार ब्रा, फैशनेबुल मैचिंग पैंटीज, रेशमी पारदर्शी नाइटी, साथ ही निकाला नीचे से एक मुड़ामुड़ाया बास करता काला बुर्का। 'देख, देख और देख...'

कहकर उसने अपने हाथों में दबाई हरी छोटी बोतल दिखाई। 'बाप रे! यह क्या है? दारू? वह पीती भी है? तो क्या हुआ?' ज़िन्दगी के नये अन्दाज़ से भरे आवाज़ ने जवाब दिया, 'उसकी लाइफ़ है, तो जैसे चाहे, जीये। कितनी बड़ी बात कि कुछ छिपाती नहीं। कोई गिल्ट नहीं। एकदम बिन्दास है।' उसकी अल्मारी से सुर्ख नेलपॉलिश निकाल अपने लम्बे नाख़ूनों को ख़ून की तरह लाल करती राधिका ने कहा–'जो है, सो है। अपनी इच्छाओं को पूरा करने के लिए ख़ुद मेहनत करनी पड़ती है। ख़ुद कर्ता बनना पड़ता है मेरी बन्नो।'

मेरी आँखों में कुतूहल की लहक थी–'उसके बाद? आगे क्या होगा?' उसने कहा–'अच्छा ही होगा। ज़्यादा आगे का सोचना भी क्या? कल के बारे में सोचने से ज़रूरी आज को देखना नहीं है क्या? जिस पर हमारा पूरा समाज टिका हुआ है। जब अपने निर्णय हों तब सब अच्छा होगा। तभी तेरे को कहती हूँ–बिन्दास बन। ख़ुद को जी। रोहित से प्यार है तो प्यार कर। बराबरी पर जी। जी-हुजूरी वाला नहीं। कभी तू भी आगे बढ़ सकती है। पहल कर सकती है। लेकिन नहीं। तू तो मिट्टी का लोंदा...। तुझे कभी मिलवाऊँगी प्रशान्त से। देखना तू ज़िन्दगी कितनी ख़ूबसूरत है। कितने रंग है उसके...अनूठा आनन्द...। एक्साइटिंग...।' राधिका की बातें मुझे बहा ले जातीं। आनन्द और कामुकता अलग बातें हैं मैं जानती थी। बेफ़िक्र और बेपरवाह मैं नहीं थी, लेकिन अब बिन्दास हो जाना चाहती थी। प्यार को ठोस रूप में अनुभव करना चाहती थी। रोहित से मिल आने के बाद गिल्ट को अब सीढ़ियों पर ही छोड़ चली और एक नशे में इतराती बिस्तरे पर आ गिरी। प्यार ने एक नये रूप में मुझे छुआ था। लगा कोई और भी है, जो तन-मन में संग आ लगा है। मीठे झोंकों में थी ही कि किसी ने दरवाज़ा खटखटाया। राधिका थी। 'यहीं सोऊँगी। नाजिया दो बार उल्टियाँ कर चुकी है। बदबू है उधर। कभी रो रही है, कभी हँस रही है। मुझे यहीं सोना है।'

मैंने सोयी पड़ी वन्दना की ओर देखा। जाँघों में तकिया दबाये, वक्षों से आँचल ढलकाये वह गहरी नींद सो रही थी। हम दोनों ने आहिस्ते से बिस्तरे को उठाकर उसके बिस्तरे से सटाया और सो गये। इतनी गर्मी में ठीक पंखे के नीचे सोने का सुख था या मेरे मन में बसा कोई घना सुख? मेरी पिंडलियों पर वजन पड़ा तो अच्छा लगा। ढुलक कर कोई शरीर पर आ गया, तो अच्छा लगा। एक गीली प्यास ने मेरे गालों को छुआ तो अच्छा लगा। बन्धन थे कि कसते जा रहे थे। एक हरियल महक, कच्ची मेहँदी की कसोरी गन्ध मेरे गले को रुद्ध करती जा रही थी कि मैं कमसमाई। रेंगते हाथों को धक्का देती चीखती हुई मैं उठ बैठी। तड़प कर देखा। वन्दना की आँखें में दो विषधर फुत्कार रहे थे। ज्वाला से सहम गयी। राधिका भी उठ बैठी थी। वन्दना यह देख करवट ले ऐसे सोयी, मानों कुछ हुआ ही न हो। फिर मुझे नींद नहीं आयी। पूरी रात साँपों के गुत्थमगुत्था जैसे डरावने सपने मुझे जगाते रहे।

दूसरी रात डिनर के बाद मैं राधिका के पास थी। ऊपर कमरे में। उसने एकदम कहा–'शी नीड्स सेक्स!'

सेक्स?

आज ही क्लास में फ्रेंकफर्ट के दार्शनिकों के बारे में जाना। उत्तर आधुनिकतावाद, संरचनावाद, मिशेल फूको, हिस्ट्री ऑफ सैक्सुअलिटी... सेक्स के बारे में ख़ास तरह के ज्ञान का विश्लेषण...वह क्या चीज़ रही, जिसने हमें सेक्स को एक ऐसी चीज़ के रूप में देखना सिखाया जो छिपाने योग्य है? 'पता नहीं क्या है यह सबकामुकता का विलायती तर्कशास्त्र?' मुँह से निकला–'मुझे तो नफ़रत हो गयी है उससे। कितनी गिरी हुई लड़की है।'

'क्यों? इसमें क्या है?' उसका जवाब आया। 'वह मैरिड है। उसे चाहिए होगा। लेकिन देख, एक बात तो है। वह निष्क्रिय और निष्प्राण नहीं है यानी स्त्री होकर भी वह अपनी इच्छा रखती है। डिमांड तो करती है। राधिका शुरू हो गयी। अब वह खिल-खिल हँसती जाये और अपने

दिव्य ज्ञान से मुझे आलोड़ित करती जाये–मेन बात यही होती है। प्रेम-प्यार, शादी-ब्याह सब फोर प्ले हैं। इसी का तो सारा खेल है, लेकिन इंजॉय करने की बाजी पुरुष के हाथ रहती है। तेरे को समझाती हूँ तो समझती नहीं। स्त्री को भी सक्रिय और सजग रहना होता है। यह भी सबके बस का नहीं। मेल चाहिए होता है बराबरी का।

'यही तो...यही तो मानती हूँ। पहले मन मिले, फिर अन्य भाव जैसे हृदय, परिवार। फिर सम्बन्ध बने...। शादी हो।' मैंने छूटते ही कहा– 'ओफ ओह! तू दूसरा चैनल पकड़ लेती है। कितना भयानक नैतिक दबाव है हम लोगों पर ये बाबा। जानती है, हमारे भारत में इसे इतना पतनशील और अनैतिक नहीं मानते थे। यह सब विक्टोरियाई नैतिकता के दबाव हैं।' रमन सर की भाषा? यह उन्हीं की भाषा बोल रही है। मुझे रमन सर याद आये। राजकमल चौधरी, कृष्ण बलदेव वैद्य, कृष्णा सोबती के पात्रों की चर्चा करते हुए कहा था। 'हमारे यहाँ नैतिक तन्त्रों के इतिहास की जाँच-पड़ताल फिर से होनी चाहिए। तेरी बातों के बाद तो और मुझे लगता है कि हमारे यहाँ नैतिक तन्त्रों के इतिहास की जाँच-पड़ताल कितनी ज़रूरी है। रुक तुझे रंजीत से मिलवाती हूँ।' 'वह कौन है? कहाँ से आयेगा? ओह मेरे परमात्मा और क्या-क्या खेल दिखायेगा तू? कैसे आयेगा वह? विजिटर्स-टाइम तो है नहीं?'

'अरे, देखती जा...' एक आँख दबाती राधिका ने कहा। 'व्हाट्सएप्प पे आयेगा। तू देख, क्या मस्त इन्सान है? क्या होती है ज़िन्दगी और क्या होते हैं ज़िन्दगी के मजे? देखेगी? रुक...' सुर्ख धारदार नाख़ूनों ने मोबाइल का बटन दबाया–खट्, 'ओह, कवर-पेपर पर भी वह? अच्छा, तो इतनी नज़दीकियाँ बढ़ गयी हैं? वैसे पट्ठा है शानदार। दबंग शेर की तरह। जुल्फें और फ्रेंचकट दाढ़ी इतनी नुकीली जिनसे मेरे उस कोटर की दीवारें छिलने लगीं, जिनमें रोहित शहंशाह सलीम की तरह मुस्कुरात रहता। रोहित का ध्यान आते ही उसकी आवाज़ कानों में पड़ी–आँखें देखो। रोहित ने हमेशा कहा था–दिल्ली में इतना घबड़ाने की भी ज़रूरत नहीं।

यदि किसी की बातों पर शक लगे, सीधे उसकी आँखों में देखो। देखा, तो सब 'बैन' था। काले-चश्मे पर सुनहरे अक्षर चमक रहे थे–'रे बैन।' अपनी कत्थई आँखों से उसे परख ही रही थी कि राधिका ने कुहनी मारी–'ऐसी-ऐसी बातें करता है कि बस पूछ मत। अभी तक तो हम मिले नहीं। फेसबुक पर फ्रेंड है। उस दिन बोला था न तेरे को, इसी के पैसे के लिए तो बोला था। बॉस बड़ा चूपड़ है। उसे अकेला समझ रखा है। पैसे दबाके रख लेगा उसके? एक फ़ोन जो जायेगा, ठीक हो जायेगा सब।'

'ओह! तो यह बात है। इतने कम दिनों में इतना आगे बढ़ गयी है लड़की?' सच था कि इन कुछ महीनों में हमारी 18-20 सालों की बिनानी सीमेंट वाली सोच के महानगरीय प्रभाव वाले चूहे महीन दाँतों से कुतर रहे थे। रोज़ एक दीवार बनती फिर गिर जाती। क्या बचा रह जाने वाला था– यह एकदम अनिश्चित था।

'मैंने पूछा- नाम क्या है?'

'बताया तो था–प्रशान्त मेंहदीरत्ता।'

आश्वस्त हुई। जिस पतीली का वह चावल था, उसकी देग हमारे चूल्हों पर चढ़ायी जा सकती थी। राधिका बोल रही थी–'मलेशिया गया हुआ है। अगले महीने आयेगा। उसी से शादी करनी है मुझे। ऐसी हॉट बातें करता है, मैं नहीं रुक सकती। तू भी मेरे लिए पैरवी कर देना। देखना, तेरे से पहले बच्चा भी जन लूँगी।' एक चमकीली जानलेवा चमक उसकी आँखों से गुज़र कर पूरे वजूद में भर गयी, जिसके नीचे मैंने स्पष्ट देखा, आई.ए.एस. बनने का सपना धराशायी पड़ा अपनी चूलें गिन रहा था। पत्नी, माँ बनना अब भी कितना लालायित कर देने वाली महिमामयी पोस्ट है। कई मेधावी सपनों को पलभर में बुहार कर हाशिये पर धकेलने की मारक क्षमता से लैस। अचानक इन संस्था-तन्त्रों के इतिहास की जाँच-पड़ताल एकदम ज़रूरी लगने लगी।

दरियादिली से मेरी बाँहों पर सिर रखते हुए उसने कहा–ऐसी-ऐसी बातें करता है रे..., पूरा बदन तप कर दहकता कुंडा हो जाता है।

मिलवाती हूँ तेरे को, सुनना सब... खट्। एक मिसकॉल दिया गया। हम दोनों एकदम तैयार। सब सुन लेने को मैं ख़ूब तत्पर। सारी इन्द्रियाँ मानो कान बन गयी हों। दोनों बिस्तरों को सटा लिया गया। मैंने राधिका को देखा तो दंग रह गयी। सिरहाने के बल औंधी लेटी वह जल में हिलोरें मारती मागुर मछली लग रही थी। फ़ोन घनघनाया–'हैलो! कैसी हो जानेमन?' स्पीकर से सधी, नफासती मुलायम आवाज़ उभरी। राधिका की दोनों आँखों ने मुस्कुरा कर मुझे देखा। उत्तर में देर होते ही एक बेचैनी कमरे में तिर आयी। 'बोलती क्यों नहीं? बोलो कुछ। तुम्हें तो पता है। तुम्हारी प्यारी आवाज़ मेरी रगों को कैसे तड़का देती हैं? व्हाट्सएप पर आओ न। देखना है तुम्हें...।'

'नहीं आज नहीं। ऐसे ही बातों करो।' राधिका कुनमुनायी। वह शायद मेरी उपस्थिति से संकुचित थी या शायद आगे होने वाली बातचीत के ब्योरों से वाकिफ़ थी, जिसमें उत्तेजना बढ़ती जाती है और तन्द्रा गुम होती जाती है। फ़ोन पर आवाज़ आयी–'ठीक है। लेकिन मैं तुम्हारे क़रीब आना चाहता हूँ। बहुत क़रीब। इतना कि तुम्हारे घने बाल मेरे सीने पर लहरा जायें। तुम्हारा चेहरा मेरी बाजुओं में...उफ् तुम्हारी गर्दन कितनी सुडौल है और कितनी सुन्दर, प्यारी, रस से भरी...। चूम रहा हूँ तुम्हारे घने बालों को...चूम रहा हूँ आँखों को...तुम फिसल रही हो, महक रही हो...कितनी गुदाज पी जाऊँगा इस सारी महक...खुशबू...सारे रस... ओह ऽ ऽ ऽ ऽ।' फुफकारती-सी आवाज़ गूँजे जा रही थी। पूछ रही थी–'ख़ूब प्यार करोगी न तुम, बोलो न तुम, ऐसा ही प्यार करोगी न तुम भी। हम्म्म्म्म...' सच कैसा तो नशा छाने लगा। आँखें ख़ुद-ब-ख़ुद बन्द होने लगीं।

होश खोने लगे थे हम। आधा होश खोती राधिका, आधा होश खोती मैं। हम दोनों हो आये–सेम-टू-सेम। ख़ूब पास-पास। मुझ लगा रोहित है। वह ऐसे ही तो पूछता था और मैं ऐसे ही कुनमुनायी आवाज़ देती थी। सिर रगड़ती हुई–हम्ममममम...हं...हा...बहुत ऽ ऽ ऽ ऽ। एक तापमान ने

पूरे कमरे को तड़का दिया था। अपनी ही साँसें वजनी होकर हमारी छाती पर आ चढ़ी थीं। हाथ स्वयं अपने शरीर पर फिसल रहे थे। सुडौल शरीर इतना चिकना तो न था। राधिका अकड़ी जा रही थी। शरीर में हलचल नहीं। केवल पैर एक दूसरे पर रगड़ खाते...। मेरी साँसें धौंकनी बन आयीं। सीत्कारती आवाज़ों से कमरा सनसना रहा था। परिचित कमरा अनजाना बियाबान जंगल में तब्दील हो चुका था। खिड़कियों से अमलतास नहीं, पीली लपटों की झड़क बाहर निकल रही थी। फ़ोन से आवाज़ नहीं कई बिच्छु लपलपाते डंग लिये चले आ रहे थे। दो लड़कियों की चाहत का जर्रा-जर्रा पिघल रहा थी। शरीर बाम्बी में फँस गये सर्प की तरह पछाड़े खा रहा था कि लपलपाती कौंध झुलसाने को हुई दर्द...ओह...ले लो... सारा दर्द मेरा...लो...कालिय नाग मानो फन पटक रहा है। केंचुली फंस गयी है। थरथराहट बढ़ती जा रही। फुत्कार अपनी अन्तिम छोर पर कि चर्रऽऽऽऽऽऽऽऽऽ...। गुप्त तहख़ाने की चाबी खोल...किसी ने छिपे भयभीत पखेरू को अपने हाथों कुचल देना चाहा। आहऽऽऽऽऽऽऽ...। अकड़ती जा रही राधिका ने एकदम से पलटी खायी। शर्ट के बटन चरमरा उठे। वह मुझसे ऐसे आन लिपटी कि बदन में खरोंचे उग आयें।

वही सपना था। वही डरावना सपना। साँपों के गुत्थमगुत्था वाला। वही महक थी। कच्ची मेहँदी की पत्तियों वाली हरियल महक। मैं एकदम चीख़ पड़ी–'स्टॉप इट। बन्द करो यह सब।' सिरहाने रखा जल भरा ताँबे का लोटा धप्प से ज़मीन पर आ बिखरा। कमरा एकदम स्तब्ध। फ़ोन साइलेंट। दो सिहरती भीगी लड़कियाँ। छन्न-छन्न नाच रहा था ख़ाली लोटा।

आज दिन धुँधलके से भरा था। मेघ तो थे, लेकिन वर्षा थी न और खुली हवा। डूबता सूरज शर्मिन्दा–सा अपनी अन्तिम किरणें लिये मेरे कमरे में आया तो उतरे मुँह वाली राधिका को भी साथ लिये आया। वह कुछ कहना चाहती थी लेकिन अपने दबे ढके अंगों के बग़ावती तेवर से मैं स्वयं जुगुप्सा और वितृष्णा से बिलबिला रही थी, सो असाधारण चुप्पी टान ली।

रोहित की नज़रें एक्स-रे थीं। उसने बार-बार पूछा और सारी बातें जान लीं। उसकी आँखों में चिन्ता की लकीरें दौड़ गयीं। ठहरकर उसने कहा– राधिका को बोलो, वह बचे ऐसे लोगों से। तुम लोग नहीं जानते महानगरों में कैसे कुंठित लोग भरे हुए हैं। मेरे सामने सिगरेट पीने से परहेज करने वाला परवेज न जाने घर सोचता हुआ एक के बाद एक कई सिगरेटें सुलगाता जा रहा था। चिन्ता और घृणा मुझे भी हुई थी, लेकिन राधिका का स्पष्ट उत्तर था–अरे यार, बिन्दास बन। यह कोई पाप थोड़े ही है। किसे इच्छा नहीं होती इस प्लेजर की? हमारे भारत में इस आनन्द पर ग्रन्थ-के-ग्रंथ लिखे गये हैं। यह आदिम और नेचुरल भाव है। अच्छा और पवित्र दिखने के चक्कर में इसे केवल दबाया नहीं गया, बल्कि अश्लील, अनैतिक तोहमतें भी लगायी गयीं तू सोच न हम कैसे इनवॉल्व हो गये थे? इंज्वॉय तो कर ही रहे थे न हम भी? और फिर जो दूर से ऐसी हॉट फीलिंग्स देता है, तो सोच रीयल में कितना हॉट होगा? एक ज़हरीली चमक उसकी आँखें में थी जिसे अब मैं थोड़ा-थोड़ा पहचानती थी। जैसे सुख के क्षण होते हैं, वैसे ही बड़े हो जाने के भी। हमारे बीच एक ऐसा पेड़ उग आया था, जिसके चिर-परिचित घोंसले से मैं जीवन और दुनिया का स्वाद लेना चाहती थी और वह अनजान डगर में अपने पंख फैला बिन्दास उड़ जाना चाहती थी। हमारा बचपन उसी पेड़ के किसी कोटर तले दबकर रह गया था।

शाम की ललछौंही में वही राधिका सिसकियाँ भरती हुई, रोती हुई मेरी गोदी में आन गिरी तो मैं थोड़ा डरी। उसके बालों में फँसी गुलमोहर की पंखुड़ियाँ टूट-टूटकर बिखर रही थीं। जाने कहाँ सुबह से ग़ायब थी। अभी शाम पाँच बजे लौटी है। बेबे बनकर कई बार समझाया था, मिलने जा लेकिन सँभलकर। यही बन्दा शादी से मुकर जायेगा कि पहले से सोयी, खेली, खायी लड़कियों का क्या भरोसा? कहने को उत्तर आधुनिक युग। स्त्रियों के लिए अब़ तक आधुनिक तक न हुआ यह पाषाण युग। स्त्री की इज़्ज़त को अभी तक परिवार की मर्यादा, गरिमा से जोड़ता है।

राधिका है, तो उसी पुराने अँगने की पौध, लेकिन नयी शिक्षा ने दिमाग़ ख़राब कर दिया है। हवा में झूमने और बिखर जाने के अन्तर को शायद भूल चुकी है यह लड़की। मलेशिया से उसके लौटने की ख़बर सुनते ही बेकल होकर सज-सँवर कर उसका यूँ उड़न-छू होना, बीती शाम को लौटना, इस तरह रोते जाना? क्या समझूँ मैं और? कुछ ऐसा तो नहीं हो गया जो अभी नहीं होना था? उसकी ठोढ़ी प्यार से उठाते हुए पूछा–'क्या हुआ? हो गया क्या सबकुछ? खेल ख़त्म?'

'खेल? हाँ खेल ही तो! खेल ख़त्म!' रोती राधिका गोद से एकदम उठ बैठी–'कुछ नहीं हुआ। कुछ भी नहीं हुआ। और खेल ख़त्म हो गया।'

'क्या मतलब?'

उसने अपने दोनों हाथों को उलटते-पलटते कहा–'कुछ हुआ हो नहीं।' इस आवाज़ में ऐसी सर्दी थी कि मैं लरज गयी–'रो क्यों रही है फिर?' 'रो कहाँ रही हूँ।' उसने तुर्शी से भरकर जवाब दिया। मैं उसे ग़ौर से देखती रही। नीली पनीली आँखें, गुलाबी गाल, पीली पेशानी, लेकिन गुलाब-से पिंक होंठ आज स्याह। मन में कैसी तो ममता जगी।

अचानक, जैसे पिछली कोई बात अब जाकर समझ आयी हो, राधिका ठठाकर हँसती खिड़की पर जा खड़ी हुई। दिनभर के ताप से बोझिल सूरज को हाथ हिलाकर मानो सुकून से विदा किया और मेरी तरफ़ मुड़ी, 'तेरे वादे पर जिये हम तो यह जान, झूठ जाना कि ख़ुशी से मर न जाते, गर ऐतबार होता...' पसन्दीदा पंक्तियाँ सुनते ही समझ गयी, चोट तगड़ी लगी है, लेकिन मरहम का इन्तज़ाम भी हो रहा है साथ-साथ। उसने बोलना शुरू किया। 'ऑफ़िस में बड़ी गर्मजोशी से मिला वह ऐसे जैसे सबके सामने ही गले से लिपटा लेगा। दिल धाड़-धाड़ बज रहा था। बाहर ले गया फिर। हमने साथ खाना खाया। ख़ूब सारी बातें कीं। घर की। परिवार की। तुम्हें मालूम है, वह पंजाबी नहीं, मारवाड़ी है। प्रशान्त मन्धाना। उनका परिवार कलकत्ते में बस गया था। सारा बिजनेस ठप्प हो गया, तो वह दिल्ली में मार्केटिंग एडवरटाइजमेंट के लिए काम करने आ गया।

लंच के बाद हम कॉफी लिये पार्क में आ बैठे। अन्ततः मैंने पूछा–तुम्हारा घर कहाँ है? कहाँ रहते? उसने कहा–घर? पटपड़गंज के दड़बेनुमा कमरे हमें हम तीन लड़के रहते। सिर्फ़ रात को सोने जाते जहाँ। अपना-अपना बिस्तर ही हमारा अपना कमरा है। सारे दिन दिल्ली की सड़कों पर या तो काम ढूँढ़ते या काम बदलते।' मैंने उसकी तरफ़ देखा और पूछा–'फिर तुम शादी कैसे करोगे? मुझे कहाँ रखोगे?' 'शादी?' उसे मानो ततैये ने डंक मारा हो। यार, मैं शादी कैसे कर सकता हूँ? सोच भी नहीं सकता इस ऐयाशी के बारे में। हाँ, शादी ऐयाशी ही है मेरे जैसे लाखों टेंपररी नौकरी वालों के लिए यहाँ। आज काम है, तो कल महीनों बेरोजगार। आज के किये की भी तनख़्वाह मिलेगी या कोई चूपड़ा बॉस उसे निगल जायेगा? धक्के देकर कब बाहर कर देगा–मालूम नहीं। शादी करने का मतलब पॉकेट में कुछ तो माल हो। एक ही कमरे का सही अपना ठिकाना तो हो। सच कहता हूँ यदि मेरे फँसे रुपये मिल जाते तो मैं निश्चित ही एक कमरा ले लिया होता और फिर तुम्हें वहाँ 'कॉफ़ी' पिलाता। शरारती आँखों को यूँ मटकाकर उसने पार्क में ही मेरे होंठों को जबरन चूम लिया और उसी बिन्दास अन्दाज से कहा, 'हमें तो जी, केवल फ़ोन कॉल्स की छूट है।'

'क्या? फ़ोन कॉल्स की छूट? मतलब?'

'मतलब यह मेरी जाने जिगर कि हम जहाँ-जहाँ काम करते हैं, वहाँ विज्ञापन के लिये फ़ोन के ही अधिकतम प्रयोग होते हैं। फ़ोन-बिल्स कम्पनी चुकाती है। कम्पनी हमें चूसती है हम उन्हें। खोखले हो चुके हैं हम। कुछ चाहें भी तो नहीं कर सकते, सिवा फ़ोन कॉल्स के। सो, रातभर नींद न आने तक, दो-तीन बार यह कर सकते हैं, करते हैं।'

मुझे अवाक्, टुकुर-टुकुर देखते हुए उसने कहा–'इसमें बुरा क्या है? दिन भर थकता हूँ। रात को किसी के साथ ऐसी बातें करके रिलीव हो जाता हूँ। क्या कर सकते हैं हम और? पार्क के एकान्त का फायदा उठाते हुए उसने दोबारा मुझे खींचा। एकदम धक्का देती हुई मैं उठ खड़ी हुई। नीच हँसने लगा। होंठों को गोल-गोल घुमा बोलने लगा—

''जानेमन! तुम बहुत भोली हो, बहुत प्यारी भी। आई इंज्वॉयड अ' लॉट। मैं तुम्हें ज़रूर फ़ोन करता रहूँगा और उस अपनी फ्रेंड से भी पूछना, जो उसे मजा आया तो उसे भी। इंज्वॉय यो'अर लाइफ। ऐश करो।''

दौड़ के निकल जाना चाहती थी। घृणा और दुख से एक-एक क़दम भारी हो रहा था। दिल का तार-तार दुख रहा था। वह कह रहा था–'मैं सच में तुम्हें प्यार करता हूँ, लेकिन और कुछ नहीं कर सकता सिवाय फ़ोन के...आई विल कॉल यू' गिजगिजाती आवाज़ उसकी दूर तक मेरे साथ आती गयी...पता नहीं रो रहा था या हँस रहा था...कह रहा था रुक जाओ...बात सुनो। सच में सोचती हो मेरे लिए तो...एक मौक़ा दो। कुछ करूँगा...रुक जाओ।

उल्टे पैरों लौटी राधिका सिसकियों से काँप रही थी। मुझसे लिपट कर उसने कहा–'मुझसे ग़लती हुई है। मुझे यों भरोसा करके अकेले नहीं जाना चाहिए था।' एक करुण वेदना से घिर आयी थी मैं, जो इसके प्रति भी था शायद उसके प्रति भी। राधिका को मैंने अपनी बाँहों में समेट लिया। नया समय है तो नयी परिस्थितियाँ आयेंगी ही सामने। 'तू कहती थी न हमें पड़ताल करनी है...अपने इतिहास की भी। वर्तमान की भी। हमारे समय का मनुष्य देख कितना कुचल दिया गया है। हम कहते हैं, हम स्त्रियाँ... यहाँ पुरुष भी कितना लाचार, शोषित। लेकिन इच्छाएँ जीवित हैं... तो बदलेगा। सब बदलेगा।'

दरवाजा खट् से खुला। वन्दना दाख़िल हुई। हम दोनों को यूँ लिपटा देख दरवाज़े पर ही स्थिर हो गयी। उस रात से ही मेरी नफ़रत झेल रही वन्दना के लिए भी वही मानवीय करुण उपजी। हम तीनों कुछ देर एक दूसरे से गले से लगे रहे। बाद में, मैंने रोहित को प्रशान्त का नम्बर दे दिया था। वन्दना का कज़िन है, पैसे फँसे हुए हैं। हो सके तो मदद कर दो।

आज वही प्रत्युत्तर दिवस था। वाट्सएप पर उस फ्रेंचकटनुमा दाढ़ी वाले युवक का मैसेज था–

'रौ में है रख़्शे उम्र, कहाँ देखिए थमे
नै हाथ बाग़ पर है न पैर रकाब में।'

'दिल से शुक्रिया! आपके फ़ोन से मेरा काम हो गया। यहाँ का हिसाब-किताब पूरा करके कलकत्ता वापस जा रहा हूँ। बाबू जी के बिजनेस को फिर से देखूँगा। राधिका को मेरा प्यार। आई विल कॉल यू.... इफ यू विश।'

मैंने तीन काम किये। इस नम्बर को ब्लॉक-लिस्ट में चढ़ाया। परवेज़ की समझदारी से पढ़ाई के ट्रैक पर लौटी राधिका को कुछ न बताया और रोहित को थैंक्स का मैसेज फॉरवर्ड किया। फिर खट् की आवाज़। जी धड़का। रोहित का जवाब था स्माइली के साथ–इट्स ऑल राइट बेबी। आई विल कॉल यू ...!

सन्नाटे की गन्ध

रात है। नीली रात। सन्नाटा धीरे-धीरे फैल रहा है। पर्दे हिल रहे हैं, ख़ामोश सरसराहट में। बाहर लॉन की तमाम कलियाँ मानो चटक कर फूल बनने की तैयारी में हैं। मदमाती गन्ध है, एक सिहरन है, एक चुभन भी है। आँख अधखुली-सी है, मन हचकोले में। बीच के पल को पकड़ने की कोशिश करती हूँ, हाथ नहीं आता कुछ...। कोई चीख़-पुकार नहीं। हो-हल्ला नहीं। लड़ाई-झगड़े की आवाज़ नहीं...। क्या हो गया है घर को? सर्वत्र चुप्पी... शान्ति... सन्नाटा...।

आँखों में तरेर डाल जब घूरती हूँ, दोनों मुस्कराती हैं। अजीब तरीक़े से एक दूसरे को देखते हुए। मैं छिटका दी जाती हूँ, अजनबी हो जाती हूँ। क्या यह व्यंग्य भाव है, कुछ छुपा लेने का भाव। समझदारी की कौंध या कसी गहन भेद को लाँघ जाने की अदम्य धमक...?

कुछ तो है इस मुस्कुराहट में। आँख में भी कुछ है। इतनी सधी हुई नगाहें? जो एक साथ उठती है, आपस में मलती हैं... डँक मारती हुई कालिया नाग-सी फिर पिटारे में छिप जाती हैं। आपस में इतना प्रेम उमड़ रहा कि इन दिनों झगड़े कम हो गये हैं। उस दन भी देखा था अपने अलग बाथरूम के बीच में टॉवेल-स्टैंड पर रुके दोनों, पहले की तरह कॉरीडोर में धक्के नहीं खाये, चिल्लाये नहीं। धक्का तो था एक रगड़ से, लेकिन चिल्लाहट नहीं, वही मुस्कुराहट। मुस्कुराहट?

ओह याद आया... कैसे भी यह मुस्कुराहट...हू-ब-हू वैसी ही थी। धत्त, मैं भी कहाँ परेशान हो रही हूँ। जब नयी-नयी शादी होकर आयी थी, तब देवरानियों-जेठानियों के बीच पारस यूँ ही नहीं मुस्कुराता था छिप-छिपाकर मुझे देखकर...? बाप से मेल खाने लगी हैं उसकी बच्चियों की मुस्कुराहट। आख़िर बड़ी हो रही हैं। बड़की 14 छूने को है, भले देखने में 15-16 की लगे। छोटी भी 12 पूरे कर रही है। बाप जैसी ही हैं दोनों, लम्बी-चौड़ी क़द-काठी, सुन्दर और सेहतमन्द बच्चियाँ।

बच्चियाँ बड़ी हो रही हैं। बड़ी हो रही हैं तभी बदल रही हैं शायद। कुछ दिनों से देख रही हूँ, डाँटती हूँ, डाँटती हूँ तो शिकायत नहीं करतीं। कुछ बोलने से पहले ही बरज दी जाती हूँ...ओह रहने दो। हम देख लेंगे। आप जाओ... हम सब कुछ अच्छे से सँभाल लेंगे। ज़्यादा काम नहीं है...हो जायेगा घर साफ़ करना, बर्तन रखना, कपड़े तहाना-आप जाओ न, आओगे तो सब किया-धरा मिलेगा।

यह तो सच में कमाल है जी। रब्बा उन्हें सद्बुद्धि दो। सब कहते थे, परेशान न होना टीन-एज आयेगी इनकी तो ऐसे ही करेंगे। लेकिन इतनी चिल्ल-पों? मैं तो पिछले दो वर्षों से आये इस टीनएजी बदलाव से परेशान थी। पता नहीं कब यह एज आगे खिसकेगी और ये स्थिर होंगी? मेरा तो बैंड बज जायेगा तब तक...। कहीं बाहर जाने का नाम ले लूँ बस...हल्ला शुरू। कभी कहीं साहित्यिक गोष्ठी है, मंडी हाउस में नाटक है, कविता-पाठ है, कभी पुस्तक-विमोचन भी है। एकाध बार साथ ले गये तो वापस आकर लताड़ खायी, हम बोर हो गये वहाँ बुरी तरह। घर पर ही पढ़ लेते तब तक...? और मेरे जाने की बात निकलती नहीं कि...क्यों जाती हो रोज़-रोज़? हमें अकेले अच्छा नहीं लगता है, बोर हो जाते हैं। हाय रे इनकी बोरियत? अब तो जिस दिन जाना होता है, दिन में खाने की मनपसन्द एक्स्ट्रा चीज़ें मँगवाकर फ्रिज़ भर देती हूँ कि जाने के समय हल्ला न मचाएँ। क्या करूँ? मेरे लिए ज़रूरी है जाना।

यह सब मेरी मानसिक ख़ुराक है। साहित्यिक चर्चा होती है, लोग मिलते हैं, कुछ पढ़ने-गुनने का सिलसिला बनता है। मुझे पसन्द है। मंडी हाउस में नाटक देखने के लिए तो मेरी आत्मा बेचैन रहती है। बाप भी दूर हैं इनका जो रहता साथ तो मैं जाती कभी अकेली? नहीं वह रहता तो सब साथ जाते या फिर कोई न जाता। सब हमेशा चिपट के रहते साथ-साथ। दूर तेजपुर के विश्वविद्यालय की नौकरी...छुट्टियों में आ पाता पारस और तब उस समय...हम सब मॉल जाते...खाना खाते...मूवी देखते...। छन्न-छन्न मेरी हँसी की झंकार पूरे घर में फैली रहती। माँ-बाप को ख़ुश देख दोनों बेटियाँ ठुनकती रहतीं...। प्यार से गीली हो बेवजह कभी माँ को आवाजें देतीं, कभी बाप को। शिकायतें लगतीं। एक दूसरे का फैसला करातीं। अभी कुछ दिन पहले ही इतना शोर हुआ करता था, 'माँ, देखो! मेरा कलर-पेंसिल ले लिया।' इसने मेरा पेंसिल बॉक्स क्यों छुपाया...'

'इसने मेरी किताब फाड़ द...मर जा तू...'

'तू य नहीं मरती...ल डू बाँटूँगी मर जा...मर जा...'

दोन की चीख ओफ...मर...मर तो मैं जाती। बड़ी तो बाप रे, दादागीरी ऐसी कि एक दिन देखते-देखते छोटे का हाथ बुरी तरह मरोड़ दिया। डर से थरथराने लगी। कभी जो मैं न रहूँ...एक दूसरे को अपाहिज ही न कर डाले ये तो...। थप्पड़ मारा दोनों को। चिल्लाकर रोई फिर मुझे रोते देख...सन्नाटा पसर गया घर में...।

पारियाँ बँधी हुई है, अपने-अपने कामों की। मैं क्या-क्या करूँ? हम तीन ही तो हैं। तीन भी पूरे नहीं...ढाई गँजियाँ दा परिवार...। 38 वषीया माँ, चढ़ती वयस की दो बेटियाँ। सप्ताह में दो बार भी कपड़े धोने की मशीन लगाओ तो काफी है और क्या काम? छोटे-छोटे काम बचते हैं। जैसे स्कूल-ड्रेस रात में निकाल रखना, जूते पॉलिश, अक्वागार्ड से पानी की बोतल भरना, धुले बर्तन रैक पर सजा देना, बिस्तर बनाना और रात को फुल्के सेंक लेना। सारे काम बँटे हुए हैं।

सब्जियाँ बनाना, कपड़े प्रेस करना, पौधों की देखभाल जैसे काम मेरे जिम्मे हैं। ध्यान से हिसाब लगाया तो अपनी पारियाँ मनमर्जी से शिफ़्ट कर रखी हैं इन्होंने। हल्के-फुल्के काम बड़ी के जिम्मे हैं। चिल्ल-पों मचाने में बड़ी जितनी दादागीरी, रौब गाँठती, छोटी उतनी ही समझौतापरस्त में चीख़ती तो कहती कि छोड़ो न माँ, लाओ मैं कर देती हूँ। मरने दो उसे, मत कहो उसे कुछ, वह कमीनी है पूरी...।

अरे...रे ओय क्या बक रही है? बड़ी बहन को ऐसे बोलते हैं? टोकती-टोकती रह जाती। मेरी आत्मा भी उतनी ही दुःखी। अभी सारे काम हम कर लें, खाना लगा दें–धप्प से आकर बैठेगी, गप्प से खायेंगी, चिल्लायेगी अलग, कि अरे पानी की बोतल कहाँ है...पानी क्यों नहीं दिया?

'इसने मेरा पेंसिल बॉक्स क्यों छुपाया...'

'इसने मेरी किताब फाड़ दीं...मर जा तू...'

'तू क्यों नहीं मरती...लड्डू बाँटूँगी मर जा... मर जा...'

दोनों की चीख़ें ओफ...मर...मर तो मैं जाती। बड़ी तो बाप रे, दादागीरी ऐसी कि एक दिन देखते-देखते छोटी का हाथ बुरी तरह मरोड़ दिया। डर से थरथराने लगी। कभी जो मैं न रहूँ... एक दूसरे को अपाहिज ही न कर डालें ये तो...। थप्पड़ मारा दोनों को। चिल्लाकर रोई फिर मुझे रोते देख... सन्नाटा पसर गया घर में...।

दोनों की किच-किच शुरू न हो, मैं दौड़ती पानी के लिए। झूठे बर्तन मैं ही फेंकती वॉश बेसिन में और झाड़न से टेबल की जूठन पोंछती देख...देख, माँ कर रही है...। बेशर्म...शर्म नहीं है तेरे को, छुटकी हमदर्दी से चिल्लाती...। हाँ नहीं है, क्यों कर रही है वह, मैंने कहा है? मेरी जब मर्जी होगी, मैं कर लूँगी।

ओय, मर्जी की मालकिन...? तंग आ गयी मरजानियों तुम दोनों चुप रहो। पता नहीं कौन-सी हरारतें भरी है ख़ून में, जब देखो तब लड़ती रहती हो।

आज रविवार था। देर तक सोना था दोनों को। मेरे लिए भी अच्छा ही है यह। न टफिन बनाने का झंझट, न सुबह-सुबह चिल्ल-पों झेलने की मशक्कत। छह बजे के बदले मैं भी आठ बजे उठी। बाई साढ़े आठ बजे आकर साढ़े नौ चली जाती है। उठाऊँ इनको अब? रहने दो? घर शान्त तो है कम-से-कम। मैंने फटाफट दो सब्जियाँ बना लीं। आटा गूँथ लिया। मटर वाले नमकीन चावल बना लिए फिर नहाने घुस गयी। नहाकर निकली फिर उठाया इन्हें। उठो, भई 11 बज गये। नहाओ... धोओ। मुझे भी भूख लगी है। साथ खाते हैं, उठो भी। महारानियाँ उठीं, गीजर ऑन था ही। सर्दी जाने-जाने को है, गयी नहीं अभी। नहाया दोनों ने। हमेशा की तरह बड़की ने आवाज़ लगायी कि माँ हीटर चला रहे हैं। मेरे बेड पर उषा लेक्सस का कन्वर्टर चलाकर...दोनों बहनें अपने पैर गमाती है। अरे, पहले दूध पी लो, फिर किताबें वहीं ले जाकर पढ़ते भी रहो। मेरे कहने-कहने तक गटर-गटर दूध पी लिया, किताबें उठाईं, भागीं कमरे की तरफ...। अरे, ये क्या? कोई शोर नहीं आज? दूध में मलाई नहीं दिखी? फिर से छानने की जिद पैदा नहीं हुई? कौन किसके कप में पी के चलता बना...। हद है। शुक्र है। शुक्र है मालिक, तेरा शुक्र है। एक आवाज़ नहीं...कोई शोर नहीं...।

दो-तीन बार आवाज़ें दीं। भाई खाना खाने आओ, भूख लगी है। सन्नाटा और केवल सन्नाटा। अचानक एक जानी-पहचानी गन्ध ने मुझे अपने लपेटे में लेना शुरू किया। रेंग गया कुछ पूरे शरीर पर अर्से बाद... पहचानी-सी गन्ध?

...जब पारस चिमनपुरा के जंगलों में पोस्टेड थे। दोनों खेल रही थीं। किलकारियाँ आ रही थीं आँगन से रसोई तक। और फिर एक सन्नाटा...। सन्नाटे की गन्ध से भयभीत हो दौड़कर खिड़की से झाँका, ओह! दोनों बच्चियों से कुछ दूर एक काला नाग फन हिलाये झूम रहा है।

नौकर की आँखें पथरायी पड़ीं भौचक्कीं...। छह और चार साल की दोनों बच्चियाँ अजीब से भय और सन्नाटे से ग्रसित। वहाँ साँपों का निकलना औचक न था, लेकिन उस सन्नाटे की गन्ध में कुछ था, जो माँ होने के नाते झट मुझ तक आ पहुँचा था और उनकी जान बच गयी थी। उसी गन्ध ने मानो आज फिर फन काढ़ा, दौड़कर पहुँची कमरे तक। धचके से धक्का दिया। दरवाज़ा खुला। दोनों के हाथ तेज़ी से नीचे आये। एक हड़बड़ाहट...। एक ने पास पड़ा मोबाइल थामा, तो दूसरी ने फटाफट किताब। मुझे न दिखते हुए भी दिखा था कि बड़की का हाथ छुटकी की पीठ पर था। कुर्ती के नीचे रेंग गया कुछ, मेरी समूची देह पर। 'क्या हो रहा है?'

'कुछ नहीं।'

'क्या कर रही थीं?'

'कुछ नहीं।'

'बताओ, सच, सच...।'

'कुछ नहीं, ऐसे ही...।'

'ऐसे ही? ऐसे ही क्या?'

'गुदगुदी...।'

हमेशा चिंघाड़ती बड़की चुप थी...घनघोर चुप।

'हो क्या रहा था यह?'

'अरे कुछ नहीं, मोबाइल से गेम खेल रहे थे, आपको देखकर छोड़ दिया।' छुटकी ने जवाब दिया। (धड़ाक से फ़ोन लेते मैंने देखा था...।)

ओह...ओक्के...तिलमिलाती गन्ध को पूरी तरह खींचकर नथुनों में कहीं जमा लिया। अत्यधिक मुलामियत से बोली, 'चल मेरे साथ, खाना लगवा दे।' बाहर आते ही ज्यों सटाया उसे अपने से, बुरी तरह चिपक गयी मुझसे। धड़कनें उसकी धाड़-धाड़। किचन में जाने को मुड़ी कि कनखियों से देखा दरवाज़ा आहिस्ता से खोलता एक वजूद, डायनिंग टेबल पर आ बैठा है। चार आँखें मिलीं आपस में, रुकीं, नीचे झुकीं, कोई थिरकन नहीं, बर्फ़ की ठोस सिल्लियाँ।

खाने के बर्तन झूठे छितरे रहे। मैं बीते समय में पहुँच गयी अपने गाँव के लम्बे-चौड़े घर के आँगन में। जब गर्मी की रातों में ज़मीन पर गद्दे बिछाकर पंक्ति में हम सोते सब एक साथ। माँ और नानी की कड़ी पाबन्दियों से लैस। मादाओं का घर था वह। चारों तरफ़ एक ही गन्ध, एक ही तरह के वस्त्र, मासिक पड़ावों के कष्ट। नानी की दबंगई और माँ की अच्छी नौकरी ने हम तीनों रूपवती, गुणवती बहनों को जीवन की सुविधाएँ दीं, तो पुरुषों को लेकर असहजता भी। भले ही उनकी दी हुई दबंगई ने ज़माने को ठेंगे पर रखने का कौशल दिया, लेकिन अभी भी दबी-झुकी नज़रें परिवार और विवाह जैसी संस्थाओं से विद्रोह करने का अतिरिक्त साहस पैदा नहीं कर पायीं। तीनों बहनों में मैं बिचली। रीमा और रेणु में ख़ूब पटती। मैं पढ़ाकू, अलग-थलग। दिखने में भी कमज़ोर। थोड़ी साँवली, पतली, लम्बी छड़ी-सी तेल भर-भर के सिर में थोपे दो कसी चोटियाँ, फैशन-वैशन से दूर अपने में रमने वाली। तीनों बहनों में मात्र दो वर्षों का अन्तर। वे दोनों गदबदी, गोरी, पढ़ने की कम, गप्पों की अधिक शौक़ीन। रोमांच से मेरे रोएँ खड़े हो जाते जब देखती-निकलते ही अगले मोड़ पर क़िताबों के बीच छुपाकर लायी बिन्दी माथे पर सज जाती और लौटते वक़्त वापस पन्नों पर चिपका दी जाती। मैं चाहकर भी माँ से नहीं बता पाती। सही है कि जवान होती लड़कियाँ जाने क्या-क्या अपने सीने में दबाये-छुपाये बड़ी होती हैं। साझा करने बैठो तो पुरानी-से-पुरानी औरत के लिए भी कहाँ कुछ नया होता है। सब एक जैसी ही पीड़ा से बिलबिलाती रहती हैं। पड़ोस की सभी लड़कियों से उनकी दोस्ती। छत पर, दरवाज़े पर जब देखो, हँसी-ठट्ठा, गप्पे मारना... और मैं? उतनी ही रट्टा मारने की शौक़ीन, पढ़ने में ख़ूब मन लगता। एक और काम बड़े शौक़ से करती, झाड़ू लगाने का। छत साफ़, घर के सामने दूर तक गली साफ, फूल और गमले भी पसन्द। मैं पानी देती, वे मुझसे बातें करते। नयी कलियाँ मेरी आँखों की सेंक से बड़ी होतीं। फिर भी न जाने कैसे

उन्हें क्या होता, सारा दिन मेरे सामने इठलातीं किसी एक रात न जाने कैसे चटक के सुबह फूल बनी मचलती मिलतीं। रातों को जागकर भी देखने का प्रयास किया, लेकिन अबूझ पहेली। बीच का समय पकड़ से बाहर ही रहता।

दीवारों पर छत की मुँड़ेरों पर छूटते चूने की गन्ध भी मुझे बेहद प्रिय होती। जीभ से छुआती...छन्न से जीभ सूख जाती। गला शुष्क हो जाता। एक महक-सी जाती अन्दर तक, प्यास मरोड़े डालती अन्दर नाभि तक। पता नहीं, इस उम्र की यह कैसी तृष्णा थी, जो अच्छी लगती थी। रीमा और रेणु दोनों जब देखो खी-खी करतीं, मुस्कियातीं। गर्मी में आँगन में सोते वक़्त माँ मुझे बीच में डाल देती। उनकी मुस्कुराहटें, तंग कर देने वाली होतीं। परेशानी की हालत में याद करते हुए मुझे लगा, अरे यही तो, एकदम यही मुस्कुराहटें उतरी हैं बच्चियों पर। दोनों निश्चित ही अपनी मौसियों पर गयी हैं, वैसी ही छुपी-छुपी मुस्कुराहट! आहें, जी अब माँ समझी। लेकिन यह क्या समझी मैं? कुछ रेंग गया सारे शरीर पर। यादों की गन्ध फनफना उठी। मुझे नींद देर से आती थी। दोनों तरफ़ गर्म साँसों की निश्चिन्त नींद। खुमारियों की सरगोशियाँ न जाने किस बेचैनी से भर देती थीं मुझे? ठंडे चाँद पर टिकी नज़रें जैसे गर्म आँच तलाशतीं। गली के विक्की, राजू याद आते। सीमा, मेरी इकलौती सहेली, जो उनकी दूर की बहन भी थी, बताती कि उन दोनों में एक बार झगड़ा भी हुआ था–रेशमा मेरी, रेशमा मेरी...ऐसा बोलकर...। ऐ...? मैं...? मुझे कौन पसन्द करेगा, क्यूँ करेगा। करेगा भी तो ये दोनों लप्पड़बाज़ इतनी सुन्दर हैं, ठुनकती रहती हैं, मुझ तक किसे पहुँचने देंगी? लेकिन अच्छा लगता। कोई भले यक़ीन न करे, लेकिन सदियों यह बात रात के बियाबान पहर में लोरियों के ख़ुशगवार लम्हों की तरह एकदम मेरे कलेजे को चीरकर प्रकट होती। मैं उत्साह, आशा, सपनों से भरी मीठी नींद सो जाती।

आज तो नींद आ ही नहीं रही। सीमा ने बताया, विक्की देहरादून जा रहा है, मामा के पास वहीं रहकर पढ़ाई करेगा। मन धक्क से रह गया।

राजू है। यहीं है। वह अच्छा भी ज़्यादा है। लेकिन दोनों थे, तो दोनों की वह लड़ाई? असली दमदार बात तो वही थी, लड़ाई वाली-एक अनार दो बीमार वाली। ओह, जो रुक जाता विक्की तो मैं कह देती उससे रुकोगे तो तुम्हारी हो जाऊँगी, पर जाओ मत। उस समय दूर-दूर तक कोई मोबाइल न था। ख़ामख़याली में करवटें बदलती मैं, बेचैन-सी, पूरा बदन जैसे तना हुआ खाली कटोरा था...। पानी पी लूँ शायद तृप्ति लगे कि उठती-उठती थम गयी मैं। रेणु का हाथ नींद में ही धप्प से मेरे सीने पर पड़ा। झिड़क दूँ हाथ? अरे, उठ जायेगी बन्दरिया। दम साध लिया। पता न चल जाये कि अब तक जाग रही हूँ...छि: न जाने क्या सोच रही हूँ, चुप पड़ी रहने में ही भलाई। गुलगुथना हाथ प्यास के ऐसे स्रोत पर था, जहाँ से अमृत की खान निकलती है। हटा दूँ हाथ? नहीं...।

वह पल जाने कैसा था? पैर के नखने से लेकर सिर की चोटी तक अद्भुत सनसनी। उसने करवट ली। पूछा, 'सोई नहीं अब तक।' हाथ बिना हटाये, आँखें बन्द किये ही पूछा था। 'उहूँ... सोती हूँ।' मैंने करवट बदल ली। हाथ पीठ सहलाने लगे, बढ़ने लगे जहाँ-जहाँ बन्धन थे, अजीब सुरसुरी मची थी। सदियों की खुजली जमी थी मानो। बन्द खुलने लगे। हाथ रेंगते हुए आगे बढ़ रहे थे। काँटेदार झाड़ियों में ऊँचे-ऊँचे टीले, धमकता कोई चढ़ जाये-सीधे कैलाश पर्वत...छेड़ दे तांडव...। अनिवर्चनीय सुख, वर्जित जगहों का सुख, स्पर्श-सुख, बन्दिशों से पार जाने का सुख। सारा बदन मानो नन्ही हथेलियों में दबकर पिस जाने को आतुर। बग़ैर किसी प्रायोजित संवाद के, इशारेबाज़ी के हमने इन पलों को जिया और एक सीमा के बाद मैंने काँख को लाँघते हाथों को दबाकर बरज दिया और नहीं...। हम बच्चों को आ़गे का रास्ता मालूम न था, लेकिन माँ और नानी की हिदायतें बख़ूबी याद थीं, 'बीमारी हो जाती है। अपना शरीर मत छूने देना किसी को। ख़ासकर नीचे और ऊपर की जगहें,

कोई ऐसी हरकत करे, तो तुरन्त बताना हमें।' डरे हुए दोनों, रुक जाते, वहीं मर जाते, ऐसे ही जी जाते। हम दोनों अब पक्की सहेलियाँ थीं। एक-दूसरे के काम फटाफट निपटाती थीं। शिकायत का मौक़ा नहीं देतीं, मुस्कुराती थीं, वहीं बड़की छिटका दी गयी थी, अजनबी-सी।

एक कली जब फूल की उम्र में छलाँग लगाती है, तो कुछ सन्नाटे होते हैं, मुस्कुराहटें होती हैं, चटखना होता है, तो बिखरने से बचना भी होता है। कत्थई गुलाबों की अपनी गन्ध होती है, जो फौव्वारों-सी फूट पड़ती है। खाद और पानी का सन्तुलन उन्हें समय से पहले कुम्हलाने से बरजता है।

रात, दोनों बेटियों को साथ लेकर सोने गयी। ख़ूब प्यार किया उन्हें। बड़की से पूछा, 'कहानी सुनेगी?' सारे दिन से जमी बर्फ़ की गेंद पहली बार झुलसी, 'हाँ।' सुनायी मैंने, यही कहानी, मेरी अपनी कहानी। क्या हुआ था मेरे शरीर को, कैसी फुरफरी थी? कितना अनिवर्चनीय सुख, लेकिन उसके बाद क्या? कली फूल बनकर बिखरती नहीं है, अपनी सुगन्ध से अपनी अस्मिता को ऐलान करती है।

नन्ही-नन्ही फुरेरियों से थरथराते ताज़े उगे दो शरीर मेरे दोनों ओर लिपट गये, 'हाँ माँ, ठीक कहती हो...।' उठी, बत्ती जलायी। दोनों बच्चियाँ उठ बैठीं। मिचमिचाई आँखों से अपने को रोशनी में एडजस्ट किया। नज़रें मिलीं। संकल्प की एक विद्युतीय लहर मुझ तक प्रवाहित हुई। मैं अब उनके बीच की कड़ी थी। हम दोनों एक दूसरे को धुली-धुली, नहायी रोशनी में निरख रहे थे। गोपनीय न था कुछ। मैंने बत्ती बुझा दी। रात परिपक्व हो चली थी। फूल मुस्कुरा रहे थे। सन्नाटा सुगन्ध से भरा था।

दुखाँ दी कटोरी : सुखाँ दा छल्ला

ग़ज़ब थी बेबे। कई मायनों में ग़ज़ब थी। उसके कानों के कुंडल भी ग़ज़ब थे। जब हिलते उनकी सुनहरी आब से बेबे का गोरा रंग दप्-दप् दमकता। उसके माथे के ठीक बीचोबीच एक हरी लकीर-सा दाग़ भी ग़ज़ब था, जो दिखने में डिजायनर बिन्दी की तरह लगता। इन सबके अलावे सबसे ग़ज़ब था पीठ पर उगा वह छोटा कटोरीनुमा कूबड़, जिसकी वजह से बेबे तनिक झुक कर चलती। कन्धे पर पड़ी गोटेदार चुन्नी मौक़ा पाते ही इधर-उधर खिसकती, जिसे मीठी गालियों की झिड़की दे, तुरन्त वह दुरुस्त कर लेती। मुझसे कहती; 'मैं मर जाऊँ तो यह कुंडल तू रख लीजो। इनकी लहर सँभाल के रखियो।'

बेबे कहती—मेरे पास दो ही मेरा अपना सामान था, जिन्हें लेकर मैं अपने वतन से निकली। एक दुखों की कटोरी यह कूबड़ और दूसरा सुखों वाला मेरा छल्ला। सचमुच यह छल्ला भी ग़ज़ब था। हाथों में पहनने वाला छल्ला कोई पैरों में भी पहनता है? ठोस चाँदी का चमकता छल्ला बेबे के पैरों की उँगलियों से यूँ जकड़ा था, मानो जन्म से ही साथ हो। मैंने हाथ फिरा कर देखा था। बेबे के सुन्दर चिकने गुलाबी पैर वैसे ही चपल थे, जैसे उनके कानों के कुंडल। मैंने छल्ले पर उँगली फिरायी। घुँघरू का कुंडा था। घुँघरू सारे गिर चुके थे। कुंडा भी दब चुका था, लेकिन हाथ फेरो तो ऐसा मालूम पड़ता कोई इबारत वहाँ ख़ुदी हुई है। बेबे के दाहिने हाथों में सोने का एक कड़ा था, मैंने सोते वक़्त जाने कितनी बार उसे

घुमा-घुमा कर गुरुमुखी में लिखा उसका ‘वाहेगुरु’ पढ़ा था। हम सभी ऐसे बनाये सोने के कड़े पहनते थे। सोने-जवाहरातों से लदी बेबे तूने चाँदी क्यूँ पहना-तोशी ने सवाल किया। यह प्रश्न मेरे मन में भी आया था। हमारे यहाँ चाँदी के गहने या तो चूहड़ियाँ पहनतीं या फिर मुसलमान। हाँ, हम जैसे छोटी सालियाँ भी जिन्हें भावी जीजाजी जूते-छिपाई की रस्म में बतौर नेग देते। गोल, नक़्क़ाशीदार, चम-चम चमकते घुँघरू की रूनझुन कायम रहने तक इन छल्लों को हम बड़े शौक़ से पहना करते और फिर किसी अन्य बहन की शादी में किसी और जीजा से नया मिलते ही पुराने को टीन वाले बस्ते में सँजों कर रख लेते। बेबे ने इन्हें पैरों में क्यूँ पहना? पूछने पर बोलती–मरने वाला मर गया, इसलिए पहना। देख, अब वह यहाँ मत्थे ते आके बैठ गया है। कौन? कौन बेबे? तेरा नाना और कौन? क़िस्सों को बदलने और बरतने में बेबे को महारत हासिल। ऐसे-ऐसे क़िस्से गढ़ती, कभी रोती, कभी गाती कि मैं और तोषी उसके मोह में पागल आगे-पीछे डोलते रहते। ज़्यादा छेड़छाड़ मना थी। माँ ने मुझे समझा दिया था। बेबे रोती-गाती रहती है, डरना मत। गालियाँ देने लगे तो छेड़ना मत। बड़े दुख सहे हैं मेरी माँ ने। बेबे एक बार शुरू हो जाती तो जल्दी, रुकती नहीं। वह कहती–जब से मरा है कुफ्ती दा माराँ, मुझे घेर रखा है। हुण मरण दे बाद डंडा लेकर मत्थे ते ही बैठ गया। चौकीदारी करेगा? करे मेरी चौकीदारी। मेरा तो इक्को रब्ब है जेड़ा करेगा, मेरी चौकीदारी मैं फिस्स-फिस्स हँसती। तोषी कहता–मैं भी करूँगा। बेबे की लय में खलल पड़ता, आँख तरेर कर पूछती–क्या करेगा? तोषी कहता–चौकीदारी करूँगा। किसकी? किसकी करेगा? यह जो साथ बैठी है, तेरी सुन्दर भूतनी। उसकी और किसकी? मैं बलते चूल्हे से लकड़ी खींचती, देखा है इसे? भाग जा, नहीं तो मुँह लाल कर दूँगी। बेबे फटकारती–ऐसा नहीं कहते। शह पाकर वह किलकता–फिर बेबे, यह छल्ला मुझे दे देइयो। बेबे को हौल पड़ जाते, तब वह भागता हुआ कहता–अभी नहीं, जब मरेगी तू तब दे देना...।

ओ खसमांनू खाणाँ... आ तैनू छल्ले पवाहवाँ... बस शुरू हो जाती बेबे मैं जल्दी से बोलती–बेबे भूख लगी है। बेबे चौक में घुस जाती। इधर, पराँठों पर गर्मागर्म घी तड़तड़ाता इधर, बेबे का आलाप गूँजता–

ओय छल्लिया होया वैरी...वतन माहिया हो गया वैरी...

सोहणा...वे ढोलणा...

लाड़ लड़ियाते, मुँह में घी-चुक्के पराँठे चुगलाती मैं अपनी बेबे से पूछती, क्यूँ बेबे पहले यह निशान नहीं था? था रे! हल्का था। मरणजोगा, इक जोगी आया द्वारे। कहण लगा–तू पिछले जनम में मुसलमानी थी। नमाज पढ़ती थी। उसी का चिह्न रह गया माथे ग़लती से यह बात तेरे नाने ने सुन ली। बड़ा चिमटा काढ़ लाया चौके से और फिर जो दीं गालियाँ उसे–'नासपीटा! दाढ़ी जला। मुसलमानों का जन्म-धरम होता है? किसे पढ़ा रहा है? भाग यहाँ से...। वह तो पोटली उठाकर जी भागा, लेकिन इन्होंने जड़ दिये दो चिमटे मेरी पीठ पर। बड़े दुख सहे हैं मेरी इस पीठ ने। रात भर दुखती रही पीठ और वह रगड़ता रहा मेरे माथे को। किसी तरह यह निशान मिट जावे। इस करवट से उस करवट। चैन न पावे... पापी कित्थों दा... जेड़े निशान पक्के होंदे ने, ओ कद्दी मिटदे ने? बेबे ने मासूम मुँह से मुझसे सवाल पूछा और मैं गुप्प-गुप्प हँस पड़ी। मुझे हँसता देख बेबे की भी हँसी छूट जाती–'खंसमा नूँ खाणी भाग एत्थों...' बेबे के हँसते ही घर आँगन, बरांड़ा, चौक़ा सब हो जाते गुलाबी, गुलाबी।

ग़ज़ब थी बेबे। कब ग़ुस्सा, कब प्यार उमड़ आये–पता ही नहीं चलता। गालियाँ भी दे तो प्यार की पूँछ में बाँधकर। सारी गालियों के अन्त में लगा दे दुश्मनाँ औतरियाँ दा। गाली हमें दे–बेड़ा रूड़ जावे (दुश्मनाँ औतरियाँ दा)। विभक्ता मर वंजे (दुश्मनाँ दे अग्गूँ न पोहवे)। जब बड़ी क्लासों में मैं गयी और 'उसने कहा था' पढ़ना शुरू किया, मेरी आँखें बरस-बरस जातीं। अमृतसर के बम्बे कार्ट में बोली जाने वाले वही भाषा तो थी। मीठी गालियों की महीन कताई का वह प्रसंग मुझे बेबे की ख़ूब-ख़ूब

याद दिला देता था। पंजाबी भाषा होती ही शायद ऐसी है, पंजाबियों के दिलों जैसी। भावनाओं के उदात्त आवेग से भरी और उसे प्रकट करने में वैसी ही दरियादिली।

ज़िन्दादिली की इस बेमिसाल जादूगरनी से मैं उनकी पीठ के कूबड़ के बारे में पूछती, तो वे कहती–यह भी पहले नहीं था रे। रास्ते में उग आया। यह मेरे दुखों की पोटली है। इसमें मेरे सारे दुख भरे हैं। यह मेरे साथ जायेगी। मैं उनकी उभरी कमीज पर हाथ रखती, मुझे लगता एक कटोरी औंधी पड़ी है। कहीं से सख़्त है, तो कहीं से पिलपिली है। मैं पूछती, 'बेबे ऐसा क्यूँ है?' वह कहती 'जहाँ कड़ी है, वहाँ तो है छुहारे और जहाँ नर्म है वहाँ है बताशे।' 'ओह, तो फिर दुखों की कटोरी कैसे हुई?' यह तो मेवों की पोटली है। नमकीन पराँठों के बाद मीठे की गमक से जीभ पुलक-पुलक जाती। चल खसमांनू खाणी...। खाने की पड़ी रहती है। छित्ती भूक्खी। तेरे नाने दा सारा खानदान छित्ता-भूक्खा' और फिर बेबे जाने किस लोक पहुँच जाती—

'खा गयेण मेरे ब्याह दे मेवे लोकों, हाय लोको लुट गयी मैं... लुट गयेण मेरे मेवे लोकों... धर दित्ती औंधी कटोरी मेरे पिच्छे पिंड अते... मैंनू पिंजड़े दी सुग्गी बणा गया ओय...।' माँ ने बताया था, 'ऐसे दौरे बेबे का कभी-कभी आते थे। उनकी आँखों में अचानक लाल ग़ुस्से की परछाइयाँ कौंधने लगती, जो आँसुओं के साथ बह आतीं। ऐसे में उन गीली, अजनबी आँखों को देख मैं एकदम सहम जाती और तोषी को खोजने इधर-उधर निकल जाती।

हमारे नानाजी बड़े ग़ुस्से वाले थे। ख़ूब बोलने वाली बेबे उनके आगे गुम रहती। मँझी से बाद में उतरते नानाजी, चप्पलें ठीक उनके पैरों तले मिलती। दातुन बाहर तुलसी चौरे पर। मुहाने पर बाल्टी में गर्म पानी, तौलिया, सरसों तेल, गुलाबी साबुन–सब यथा स्थान। सलूणी लस्सी, काली मिर्च डली कभी गोभी तो कभी मूली, आलू के पराँठे और उन

पर तड़कता सफ़ेद मक्खन चौके में लगी थाली को महमहा देता। खेतों की ओर निकलते जब नानाजी तब उनके मत्थे सफ़ेद पग्ग धरने नानी जरूर होतीं उस वक़्त। अन्दर वाले कोठरे में। गली के लोग बताते, तेरे नाना बचपन से ही तेरी नानी को बहुत प्यार करते थे। गाँव छूटा। वतन छूटा नानी छूट गयी थीं, एक बार तो। लेकिन नाना ने अपने रसूखों को चतुराई से इस्तेमाल कर अपनी मंगेतर को खोज निकाला था। दौर ही ऐसा भयावह था। विभाजन का। कौन मरा, कौन बचा–किसे मालूम? कौन अपनों से बिछुड़ा किस कैम्प में अजनबियों के बीच सिर धुन रहा है, कौन किसके घर जा बैठा है? स्त्रियों का तो और बुरा हाल। वे न इधर की रहीं, न उधर की। न हिन्दुओं की रहीं, न मुसलमानों कीं। जो जहाँ काट दी गयीं; बेच दी गयीं, बसा दी गयी–बिना किसी हस्तक्षेप के उन्होंने उसे ही अपने क़िस्मत का लिखा मान लिया।

समय की नजाकत भाँप नाना व्यापार का अवसर पा अपने मौसेरे भाइयों के पास अमृतसर आ गये थे। उन दिनों अमृतसर कपड़े, जूतों, मसालों का प्रमुख व्यापार केन्द्र था। सब कुछ पीछे छोड़ आये नानाजी को बेबे के बड़े भाई मोहनलाल फटेहाल स्थिति में यहीं मिल गये, जिनकी उन्होंने ख़ूब मदद की और उन्हीं से ख़बर भी पायी कि ज़िन्दा है सुग्गी। उनकी प्रिया। उनकी मंगेतर। जिस घर आँगन छोड़ आये थे, उसी के आसपास के किसी गबरू जवान ने अपनी जान की परवाह न करते हुए उसे अभयदान दिया था। अब वह उनकी इज़्ज़त है। क्या किया जाये? वापस लौट नहीं सकते। इस बार मोहनलाल ने मदद की। सरकारी नियम अभी इतने पक्के न हुए थे। बस जान का ख़तरा था। भाई के गम्भीर बीमार होने की सूचना पाकर कौन बहन अपने को रोक सकती है? मोहनलाल ने ख़बर भेजी। बॉर्डर तक आयी सुग्गी, गोद गुलथुल नवजात कन्या और आदम क़द के हट्टे-कट्ठे जवान का हाथ थामे। भाई को न पाकर बेकल हुई सुग्गी। किनारे ले जाकर उसे समझाया गया।

नजदीक ही अस्पताल में मरते भाई से मिलवाकर वहीं पहुँचा जाने का वादा किया गया। उसे नानाजी ले आये। सुग्गी नाना के बचपन का प्यार थी। मंगेतर थी। उनकी आन-बान, इज़्ज़त थी। उसे कोई आँख उठाकर देख ले–नाना की तौहीन थी। बेबे ने दुखती कूबड़ के जिन क़िस्सों को सुनाया, उनमें यह एक क़िस्सा भी शामिल था। बारह वर्षीय नाना अपने लालाजी के साथ दुकान बन्द कर घर लौट रहे थे। भाई मोहनलाल के बीमार होने के कारण वह बाहर दालान में गायों को चारा खिला रही थी। बालक ने आव देखा, न ताव...पैरों से तिल्लीदार जूते निकाले और लालाजी जब तक कुछ समझते, वे जूते सुग्गी की पीठ पर तड़ाक से दे मारे। पीठ पर गूमड़ उभर आया–'अन्दर जा। ख़बरदार बाहर दिखी तों।' अभी तो शगुन भी नहीं हुए थे। न कटोरियों का लेन-देन हुआ था न गहनों का। अड़ोसी-पड़ोसी की बात थी अभी। सुग्गी फिर न दिखी। उसे बॉर्डर पर पहुँचाने वाले भी रोज़ इन्तजार करके चले गये होंगे।

नाना शहर के बड़े काश्तकार। ख़ूब बड़ा घर और वह भी भरा-पूरा। दिल भी बहुत बड़ा, जिसमें परायी धी भी उनके दिल की कली बन गयी। घर में किसी चीज़ की कमी नहीं थी। कोठे-से-कोठे तक अनाजों के बोरे भरे रहते। तेल, घी के पीपों से दालान भरे रहते। छोटे-छोटे चूहे हम बच्चों के सामान ही इधर-से-उधर दौड़ लगाते। हम डरते, लेकिन इन्हें मारने या पकड़ने की सख़्त मनाही होती। हमारे घरों में नौकरों-चाकरों की परम्परा नहीं थी। वे दुकान और गद्दी सँभलवाने के लिए थे। घर का सारा काम बेबे देखतीं। ख़ूब-ख़ूब सारे गहने पहनी, रंग-बिरंगी चुन्नियाँ सँभालती पूरे घर की रौनक थी सुग्गी बेबे। इस मालकिन को पूरे घर का राज-पाट मिला हुआ था, बस देहरी पार करने का हुक्म नहीं था। बिरादरी के ब्याह शादियों में नाना ख़ुद बड़े चाव से बेबे को सजा-धजा अपने संग लिवा ले जाते। बेबे की खनकदार आवाज़ जब ढोलक पर तान बनकर उभरती, तब लगता घर में अब शादी की रौनकें उतरी हैं।

गर्दन झुला-झुला कर, कुंडल हिला-हिला कर बेबे गीतों से आँगन को लहका देतीं–

'आओ सामने...आओ सामने
कोलो दी रूस के न लँघ माहिया...
लट्ठे दी चादर...उत्ते सलेटी रंग...माहिया'

कभी रिश्तेदार कहते भी, दो-चार दिन छड्ड जा सुग्गी नू रौनक पायेगी लड़की। खेलेगी खायेगी अपनों के बीच। वे एकदम बेचैन हो जाते। न... न... इक–दो दिन भले मैं भी रुक जाऊँगा, लेकिन वह साथ जायेगी। लोग गर्मियों में लम्बे-चौड़े आँगन में सोते, लेकिन सुग्गी को न जाने किन छुपे चोरों से बचाना था भीषण गर्मी में भी वह बेबे के कोठड़े कुंडा बाहर से बन्द कर आँगन में सोने जाते।

धीरे-धीरे बेबे भी ठीक वैसी होती गयी, जैसे नानाजी थे। कभी-कभी तो दोनों, बहन–भाई जैसे दिखते। फ़र्क़ बस यह था बेबे हमेशा हँसती मिलती, नाना पतले होंठ भींचे चुप, सख़्त। बेबे आँगन में लगे हैंडपंप से छलछलाते पानी की तरह थी। बहती जाये तो बहती जाये, ठहर जाये तो कटोरे का रंग तक अख़्तियार कर ले। भरा-पूरा घर था। ऊँचे लम्बे दो मामे। लखपति बापों के घर से भरी-भरी आयीं दो गदबदी मामियाँ। नाना के गुज़रने के बाद मामों ने कभी पाबन्दियाँ न कसी। मामियाँ ख़ूब हँसती-खेलती, मोटरों में बैठ बाहर अन्दर भी घूम आतीं। लेकिन बेबे और अन्दर की हो गयी। कूबड़ बढ़ती गयी, बेबे झुकती गयी। गहने भी कम होते गये। एक हाथ में नाना के नाम से पहनी सोने की एक पतली चूड़ी रह गयी और दूसरे में अमृतसर के प्रसिद्ध सुनार का गढ़ा वह कड़ा, जिसे सोते वक़्त मैं घुमा-घुमा कर उस पर गुरुमुखी में लिखा–'वाहेगुरु' पढ़ती। गोटेदार चुनरी वैसे ही गिरती-पड़ती सँभलती थी और नाक की लौ वैसे ही लश-मश लशकारे मारती थी।

मुझे अपने बचपन के नाम पर बेबे और उनका प्यार ही याद आता। डैडी को मेडिकल की ऊँची डिग्री लेने बाहर जाना था। माँ भी साथ थीं। मैं बेबे के पास। अपनी धी-जायी को वह प्राणों से अधिक प्यार करती। उसके पोते-पोतियाँ इस बात पर कुढ़ते भी, लेकिन उसकी जान मुझ में ही समायी रहती। बहुत सुन्दर बचपन था मेरा। बहुत सुन्दर शहर था अमृतसर, ख़ूब सारी गलियों से गुलज़ार। सुबह स्वर्णमन्दिर के स्वर्णिम शब्दों से नींद खुलती– '१ ॐकार, करता पूरख, निर्भय', निरवैर... यहाँ मेरी सहेलियाँ थीं। पतंगें थीं तांगे थे, स्कूल जाते, जहाँ हम क्रोशिया बुनना भी सीखते। अचार, बड़ियों, मसालों और घी की महक थी। दुकानें सजी रहतीं–रंग-बिरंगी पगड़ियों से, फुलकारी वाली चुन्नियों से, सुनहरे तिल्लियों वाली जूतियों से, लटकती, मटकती परान्दियों से। जब देखों सगाइयों की, शादियों की, बैसाखी की धूम रहती। ढोल बजते, भाँगड़ा पाया जाता, हम कुड़ियाँ रल-मिल गिद्दा पाते–'बारी बरसी खट्टन ग्या सी... खट्ट के लै आँदा की... वे खट्ट के ले आँदा लाँचा... भँगड़ा ता सजदा जद्दो नच्चे मुंडे दा चाचा... वाह भई वाह'...

अमृतसर छूटा और जब-जब पढ़ा लहनासिंह को फिर-फिर तोषी का मुस्कुराता चेहरा सामने आ-आ विस्मृत होता रहा। मामा की तेज आवाज़ भी याद आती रही कि जट्टा दा पुत्तर क्यूँ पीछे लगा रैंदा है धी के? उसे मना करो। बेबे ने कूबड़ सीधी करते हुए कस के जवाब दिया था–ओय, इस मासूम ते कोई दाग़ न लगाओ। ये मेरा सिदक वाला पुत्तर है, हजार बार आएगा। एक धुँधली आकृति आ आकर मिट जाती। उन्हीं गलियों में क्या आज भी कोई और अनमना घूम रहा होगा? किसी लड़के को मोरी में धकेल देता होगा? और किसी वैष्णवी से टकराकर अन्धे की उपाधि पाती होगा? कौन बता सकता है, किसके रोशन तन में मन के अँधेरे कैसे गाढ़े होते हैं?

बेबे का बड़े-बड़े कोठों वाला रोशन घर था। अँगने में ऊँचे लम्बे पेड़-अमरूद के भी, नीम के भी। अमरूद के पेड़ में छोटे मामे ने रस्सी डालकर अपनी मोटर गाड़ी का एक गोल टायर बाँध दिया था। उस टायर में आधे बदन को अन्दर पिरो कर हम बच्चे झूला झूलते। नीम के पास होना सुन्दर सफ़ेद और गेरुवे रंग से सजा तुलसी चौरा। तुलसी चौरे का अपना गोल घेरा होता, जिसमें मिट्टी डालकर हम फूल उगाते। इसी के आस-पास चटाइयाँ बिछा हम अपने गुड्डे-गुड़िया का ब्याह भी रचाते। तुलसी माता गवाह होती, जिनके कोटर में एक दिया, सबकी सलामती का बलता रहता। फिर वक़्त आता, तुलसी की भी शादी होती। बेबे आयोजन रचती। यहाँ कार्तिक का पूरा महीन उत्सवों का महीना होता। सुबह-शाम आरती होती। सुबह की अपनी अलग–'पहली आरती' कर परसाद...राज करे मेरा कृष्ण मुरारि' तो शाम की आरती–'दीवडे छनछार...धरम दुआर...' लम्बी रातों की नींद तड़के प्रभात फेरियों की आवाज़ से टूट जाती। कई बार जत्था हमारे घर विश्राम पाकर आगे जाता। ऐसे में रौनकें देखने लायक होती। शरबतों से भरी बाल्टियाँ, नमकीन, कचौड़िया, पकौड़े, हलवे की खुशबू के साथ शब्द हवा में तिरते–

बिन सतगुरु सेवे जोग न होई... बिन सतगुरु मेरे
मुक्ति न होई... बिन सतगुरु मेरे महा दुखा पाई...

जत्था आगे बढ़ जाता...बेबे कोठड़े से हुंकार लगाती— 'धन्य धन्य सतगुरु! बेड़ा पार लगा...!' घर के लोग सोने जाते और मैं परशाद चुगलाते चुपके से छत पर चढ़ती। ठंड की फुरेरियाँ और नीले नभ में सफेद शंख-सा चाँद...दूर जाती जत्थे की आवाज़ और सामने की छत पर उसी सम्मोहन में भिंचा बंधा मिलता तोषी। फिर आती चाँद रात, शरद पूर्णिमा की। बेबे खीर पकाती, तुलसी पत्ते डालती। हम छत पर भरे कटोरे रख आते। कहते हैं, आज के दिन चाँद से अमृत टपकता है, जिसकी बूँदे

चखकर मनुष्य देवयोनि को प्राप्त करता है। तोषी बड़ी थाल में भरे कटोरे ले आता। मैं, एक-एक कर चाँद के सामने मुँडेर पर रखती जाती। जितने बन्दे उतने खीर के कटोरे। एक कटोरा तोषी के वास्त भी बेबे रखती। मेरी काशनी रंग की चुन्नी मेरे कन्धें से आहिस्ता से उतार तोषी उन कटोरों को ढंक देता नीचे से बीबी की टेर आती–

'कोठड़े उत्ते कोठड़ा नी माये
कोठे सुख दियाँ तोड़ियाँ
तेरी याद विच जगदी रही मैं
गिनियाँ तेरी चूड़ियाँ...'

हम दोनों उस कोठड़े के सामने चुप खड़े हो जाते। थकी–माँदी बेबे, दोनों पैर पसारे, गोड्डों पर हाथ रखे आँखिया मीचे बेहाल हो गाती मिलती 'कल्लियाँ राता जग्ग के...गिनियाँ तेरी दूरियाँ वे...चन्न कित्थाँ गुज़ारिया इ रात वे...' कमरे से एक अजीब दुख का परनाला रिस-रिस कर बाहर बहता। तोषी मेरा हाथ पकड़ मुझे बाहर ले आता। मैं खड़ी रहती चुप। वह आँगन में बँधी रस्सी से दूसरी चुन्नी उतारता, मेरे कन्धे डालता और चला जाता।

बहुत दिनों बाद ननिहाल जा सकी थी। इस बार फ़ोन आया था बेबे की बीमारी का। डॉक्टरी की पढ़ाई आसान नहीं होती। इस बीच बहुत कुछ भूल-भुला गयी थी। लेकिन बेबे की गरम और नरम छातियों के बीच दुबककर सो जाना, कूबड़ पर हाथ रखते ही छुहारों और बताशों की मिठास से मुँह गीला होना, अमृतसर की गलियों का सोंधापन, बेबे के कुंडल के लशकारे याद थे मुझे। चीर-फाड़ की अभ्यस्त उंगलिया कभी दिल चीरती तो आत्मा ढूँढ़ने लगती। ख़ून देखती तो बेबे का डर याद आता कैसे एक खरोंच देख वह पागलों की भाँति चीखने लगती थी–'ख़ून...ख़ून दौड़ो...बचाओ...लोको भागो...ख़ून...।'

कई बार तो जब बीमार स्त्रियों की आँखें चेक करती, तब कोने में कोठड़े वाला वही दुख चुप खड़ा नज़र आता...कभी चाँद देखती, तो आकाशगंगा से अमृत के बहते परनाले दिखते जो बग़ल की छत पर जाकर ठहर जाते...। लेकिन अब वहाँ कोई न होता। केवल यादें ही यादें थीं। मामे के बोलों के बाद तोषी, तौसीफ बन गया था, जो उसका वास्तविक नाम था, जट्ट के उस सिदकाँ वाले पुत्तर ने फिर आना भी कम कर दिया था।

बीमार थी बेबे। फ़ोन पर तो किसी ने कुछ बताया नहीं ऐसा कि तेरी दुलारी नानी ख़त्म होती जा रही है। लेकिन देखते ही मुझे समझ आ गया। एक तो उम्र थी, दूजे पीठ पर लदी थी दुखों की गठरी। कोई कितना जी सकता है, ऐसे में भला? मैं ख़ूब बड़ी हो गयी थी, लेकिन उन्हें देखकर फूट-फूट कर रो पड़ी। गोरी चिट्ठी तन्दरूस्त मेरी बेबे सूख के सुरमयी झाड़ हो आयी थी। कुंडल ख़ामोश पड़े थे, मानो किसी राज को दबाये बैठे हों। बेबे ने आँखें खोली मेरा हाथ पकड़ने की कोशिश की। करवट ली। मैंने देखा पीठ पीछे गद्दे पर भी कोटर बना पड़ा है। हाय रे दुख, कभी पीछा नहीं छोड़ता, कितना साथ निभाता है यह दुख।

बेबे...बेबे...,आँखें खोल।

बच्चा...? आ गयी तू? जिन्द, फँसी पड़ी थी। तेरी राह देखती थी...।

हाँ, बेबे...।

डॉक्टर बन गयी मेरी बब्बी?

हाँ बेबे...ठीक हो जायेगी तू। ले चलूँगी तुझे। दिल्ली दिखलाऊँगी। वहाँ इलाज होगा तेरा। बेबे की दूधिया हँसी मलिन थी। बच्चा...? हाँ बेबे? होड़ कौन है एत्थे? कुर्सी पर बैठी मामी की परछाईं हिली। कोई नहीं बेबे। मैं हाँ। दस्स न। बोल न तू...। सुन, यह कुंडल उतार ले। बहुत दित्ता तेरी मामियाँ नूँ। ये तरे वास्ते...तेरे नानाजी नूँ बहुत पसन्द थे। तू पहनना बच्चा...। इनकी लहरें सलामत रखना। परछाईं कसमसायी।

रुक-रुक कर बोलती बीबी धीमी हो गयी। मैंने इशारा किया। बड़ी मामी गहरी चुप्पी लिये उठ गयी। सीढ़ियों पर उनके सैंडल बज रहे थे— खट् खट् खट्। बेबे तड़फड़ायी। बोल बेबे...। बेबे ने कुछ इशारा किया। मैं नहीं समझी। बेबे ने अपने पैर पटकने शुरू कर दिये। पैरों में अज़ीब-सी बेचैनी। इधर-उधर होते पैर। इतना ही समझा कि कोई दुख फँसा पड़ा है पैरों में।

की होया बेबे? पैराँ विच कोई प्राब्लम है? हाँ आआ...। इक कम्म कर...। दस्स बेबे, बोल न ए छल्ला उतर। छल्ला? मैंने पैर की उँगलियाँ अपने हाथों थामी। वही छल्ला। आँखों में बरसों पहले की तोषी की चुहल कौंध गयी। अब यह और भी टेढ़ा-मेढ़ा हो उनकी उँगलियों से बुरी तरह चिपका पड़ा था। मैंने कोशिश की। बेबे नहीं उतर रहा। कराहती बेबे ने हुकम दिया-उतार। मेरे हत्थाँ विच पहवा। बेबे नहीं उतर रहा यह। रब्ब... गुमशुदा घुँघरू मानो पैर की रगों से घुल-मिलकर एकाकार हुए पड़े थे। बेबे के पैर अभी भी ख़ूब सॉफ्ट। गर्म ख़ून से भरे हुए। हमेशा की तरह चल पड़ने को बेताब। हूँक उठी कलेजे से–हुण कित्थे जाणा है बेबे...? और मेरा दिल काले धुएँ से भर गया-तू न जा। न जा बेबे...छलछलाते आँसुओं को बहने दिया और छल्ले पर अपनी उँगलियाँ ख़ूब सख़्त कर दी। छल्ला उतर आया। उँगलियों पर काले निशान पड़ गये थे। उसे मुट्ठी में दबाकर बाहर निकली। सामने खड़ा था तोषी। वैसा का वैसा। वहीं-का-वहीं। मानो सदियों से खड़ा था यहीं-का-यहीं। ठिठक गयी। सिर के बालों पर थोड़ी सफ़ेदी उतरी थी और चुहल ग़ायब थी। हथेली बढ़ाई उसने। धीरे से छल्ला उन हाथों दे दिया। बेबे ने कोहराम मचाना शुरू कर दिया–वे छेत्ती कर। वे मुझे ले जायेंगे। ला मुझे वापस कर... मेरा छल्ला... मुझे पहना...। तोषी बाहर बरांडे में उस छल्ले को किसी लोहे से थपथपा कर सीधा करने में जुटा। मैं फिर अन्दर पहुँची। उफ्फ... ला री बेबे। घबड़ा मत। क्यूँ परेशान हुई जा रही है? इधर, बेबे की बेचैनी

बढ़ती जा रही थी उधर, दरवाज़े में तोषी आ खड़ा हुआ। उसने इशारा दि किया बाहर आने का। आँखें सिगरेट के सिरे की तरह जलती हुईं। बेबे का सिर अपने हाथों से उतार आहिस्ते सिरहाने पर रख बाहर आयी। क्या हुआ? कहाँ है छल्ला? टूट तो नहीं गया–मुझे उसकी आँखों और चुप्पी ने डराया। क्या हुआ, बोल न? उसने छल्ले को मेरे हाथों में दिया। शुक्र है, छल्ला साबुत था। मैंने छल्ले को मुट्ठी में दबाया और अन्दर बढ़ी कि मेरी चुन्नी अटक गयी। पीछे देखा तौसीफ ने थाम रखी है। उसकी आँखें आँसुओं से तर है। इन आँसुओं में एक अलग क़िस्म का दर्द...। मैं छटपटा उठी। कोई रग मेरी भी दबी मानो। उसने कहा छल्ला देख, क्या लिक्खा है? क्या? मैंने मुट्ठी खोली और उँगलियों से गोल घुमाते उसके खुरदुरेपन को महसूस किया। चशमा अन्दर पर्स में पड़ा था। सब कुछ मिट चुका था। एकाध अक्षर ही बाकी थे। बस इतना पकड़ सकी कि यह गुरुमुखी नहीं उर्दू लिपि है। क्या लिखा है, बता न? उसने धीमी आवाज़ में कहा-शमशेर।

अल्लाह! अब तक की जिन्दगी में पहली बार जाने कैसे मेरे मुँह से निकला यह शब्द! जाते-जाते बेबे ने यह कौन-सी नयी कहानी का सूत्र हमें दे दिया था? भूली–बिसरी कहानी का कोई बाँका जवान, जो जान की परवाह न करते हुए सुग्गी को बचा लाया था। छुहारों और बताशों से जिसकी झोली भरी और फिर बॉर्डर के काँटों ने उसे छलनी कर दिया–जाने जीवित है भी या नहीं मेरी माँ का पिता...? मैं अवाक खड़ी। अन्दर से शोर बढ़ता जा रहा...वे छल्ला क्यूँ होया वैरी...छल्ले को मत्थे से लगाया और अन्दर जाते-जाते एक रिक्वेस्ट भरी निगाहों से अनुनय की–जो बात ऊपर तक न पहुँचे। उसने हाथ से इशारा किया–अन्दर जा। दौड़ पड़ी अन्दर। छल्ला डाल दिया तड़पती उँगलियों में और कमज़ोर हथेली को उनके चेहरे के पास ले आयी। रुँधे गले से बोली–देख, पहना दिया। देख ले ठीक से। छन भर को बेबे के चेहरे का रंग सुनहरा हुआ।

हल्की थिरकन से कुंडल चमचमा उठे। मुझे लगा एक सतरंगी लहर आकर गुज़री है। बेबे ने पोपले मुँह में छुहारे भर लिए हैं और बताशों की मीठी हँसी हँस दी है। धीमे से उन्होंने अपना हाथ खींच लिया, मानो किसी और लोक में किसी और को थामती हों। एक गहरी साँस उभरी। डॉक्टरी पढ़ी लड़की समझ गयी साँसों का यह आरोह-अवरोह किस तान की ओर मुड़ना चाहता है।

बेबे...!!! दो गर्म बूँदें चेहरे पर गिरने से वह मानो चौकस हुई–ना रे। मैं ख़ुश हूँ। बालियाँ तू पहनना। खुशियाँ सलामत रहें। दुखों की पोटली लिये जाती हूँ...अपना वतन छोड़े जाती हूँ...डण्डे का डर छोड़े जाती हूँ...सब जल जायेंगे...मेरे साथ सब जल जायेंगे।

बेबे ऐसा मत बोल...बेबे ऽ ऽ ऽ

हाँ...ऽ ऽ जाती हूँ रे। कुंडल तू बचाना... छल्ला मैं बचावांगी... छल्ला वैरी क्यूँ होया...बेबे आलाप लेना चाहती थीं। न शक्ति बची थी न सामर्थ्य। रस्सियाँ तुड़ाने की तड़फड़ाहट तारी थी–'मैं ताँ पी के मरसाँ... सिर तेरे चढ़साँ...ओ छल्लिया...

उठा न सकी आलाप। थरथराई और थम गयी।

मैं स्थिर...जड़।

किसी ने बेबे के गोटेदार चुन्नी कब सिरहाने से उठायी...मेरे सिर डाली, हौले से मुझे पकड़ कोठरे से बाहर लाया...कुछ होश नहीं...

उसी ने छत की ओर मुँह करके फिर हक्कल माली–मामा ऽ ऽ ऽ... बेबे तो गयीं।

भारी कोहराम मचा।

यह कोहराम बाहर भी था और मेरे अन्दर भी।

बेबे शान्त पड़ी थी।

चाबी

ढोलक पर पड़ती थापों की आवाज़ दूर से ही कानों को उकसा रही थी। मंगल गीतों की आवाज़ ने हमें उत्साह से भर दिया। सजे-धजे शामियाने, खाते-पीते मेहमान, बच्चों के कलरव, आम के पल्लव और गेंदा फूल की लड़ियों से सजा आँगन द्वार दीखने लगा था। जैसे ही हम अन्दर पहुँचे, सजी-धजी गोल गदराई बहन झटके से उठकर हमसे लिपटने को हुई कि सबने उसे थाम लिया—'अरे, अरे सँभलकर ऐसी हालत में ऐसे झटके नहीं खाते। अब सब्र से उठा बैठा कर बन्नो।' मैं दौड़कर अपनी बहन से लिपट गयी।

बहन का यह सातवाँ महीना चल रहा था। उसकी गोदभराई के उत्सव में शामिल होने अलवर से आगरा आये थे हम। बेबे, भाई, भरजाई, नन्हा बिल्लू और मैं। कल सब लौट जायेंगे, लेकिन बेबे ने मुझसे कहा—अभी दो तीन महीने मैं बहन के पास ठहर लूँ। जीजा मेरा भरतपुर नौकरी करता है और घर में उसकी बूढ़ी सास अकेली हैं। मैं ख़ुशी-ख़ुशी तैयार थी। जैसे मेरे भाई भरजाई के घर नन्हा बिल्लू आया था और मेरा सुन्न-सन्नाटा घर किलकारियाँ मार हँस पड़ा था, अब बहन के घर वैसी ही ख़ुशियाँ उतरने वाली थीं। कितने मनमोहक होते हैं जिंद-जहान के ये व्यापार! बड़े चाव से मैं ऊन की लच्छियाँ, सलाई के काँटे, झबलों के लिए कटपीस, कैंची, सुई, धागों के साथ अपनी किताब, कॉपियाँ समेट लायी थी।

70 के दशक में 11वीं ही मैट्रिक थी और मेरी परीक्षा में चार पाँच महीने अभी रहते थे।

आठवीं की परीक्षा के समय भरजाई की जचगी और बिल्लू का होना मुझे ख़ूब याद है। पूरा घर नन्हे जुराबों, स्वेटरों, तेल-जायफल की सोंधी महक और दूध की कच्ची मुस्कान से विहंसता रहता और वह घुँघराले काले बालों वाला चाँद का टुकड़ा अपनी सफ़ेद नीली आँखों से मुझे तकता रहता। कई बार उसके हाथ-पैर हिलाकर देखती यह प्लास्टिक का गुड्डा है या सचमुच का जीता-जागता जीव, तो चुनमुना के खिल उठता वह। मेरे तो जिगर का टोटा हो गया था मेरा बिल्लू। दिन-रात मैं उसके आगे-पीछे फुदकती। जब बेबे जायफल सिंके तेल से उसकी सू-सू करने वाली छुन्नी को हौले दबा कर मालिश करती, वह पाजी अजीब-अजीब मुँह बनाता। ख़ूब आनन्दित होता, लेकिन जब उसके नन्हे हाथ-पैरों को लपेट ऊपर उठा पीठ पर धौल जमाती तो चिंघाड़े मार कर रोता।

मेरी जान निकल जाती। बेबे छोड़ दे उसे। मर जायेगा वह। मैं फर्श पर लोट-पोट हो रोती। सब हँसते। बेबे कहती, मालिश करने से बच्चों की हड्डियाँ मज़बूत होती हैं। फिर बिल्लू बाबू नहा-धोकर ख़ुशबूदार पाउडर से गम-गम गमकते भरजाई की गोद में जब तक चुस्स-चुस्स दूध पीते हुए गहरी नींद सो न जाते, मैं वहीं मँडराती रहती। अब मेरी बहन के अँगने में वैसा ही चाँद उतरने वाला था और मैं बहुत ख़ुश लम्बी पराँदी लटकाये, गोल्डेन झुमके झुलाती, नवा फिराजी सूट, फ़ीरोज़ी चूड़ियों से हाथ भरे अपनी बेबे, भाई, भरजाई और नन्हे बिल्लू के साथ बहन के घर उसकी गोद—भराई में आयी थी। हमारे पहुँचते ही पूरे घर में ख़ुशी की चमकार छा गयी—'नूँ के पेके वाले आ गयेण। अलवर वाले आ गयेण।' और बहन जैसे ही झटके से गले मिलने उठी कि उसे वही रोक दिया गया– 'ना, ना बन्नो! सब्र कर! ऐसे झटकों से अभी न उठ-बैठ।

बेबे और भाई साथ लाये फल, मिठाइयाँ, मेवों के टोकड़े उतरवाने में लगे। इधर, स्त्रियों ने स्वागत में गीत गाने शुरू कर दिये–

'अलवर वाले पेके जीवेण, जीवेण पियू ते भ्राँ
खट्टन वाला पियू जीवे, भागाँ वाला भ्राँ'

बेबे ने हालाँकि ख़ूब हाथ, पैर जोड़े कि हम रोटी-पानी खा-पी के चले हैं। अलवर से आगरा है ही कितनी दूर? फिर बेटी के घर पानी पीना-ना, ना! लेकिन बहन की सास ने बात मानी न ही उनके सिदकों वाले तन्दरूस्त जोरावर पुत्तर ने। रज्ज-रज्ज कर स्वागत किया। न-न करते भी ख़ूब-खिला पिला दिया।

खा-पीकर बेबे और सलोनी भरजाई आँगन में बिछी दरी पर गाती स्त्रियों के पास आ बैठीं। मैं बहन के दुपट्टे को उँगलियों से मरोड़ देती उसके पास सट कर बैठी। सलोनी भरजाई ने अपना लाल घुँघटा तनिक सरकाया, वहाँ बैठी स्त्रियों को आँखों से अदब दिया। सरकते पल्लू को कानों के पीछे सख़्ती से ऐसे ओट दिया कि कान में पहने झुमके तमतना आये। झट से ढोलकी दबा ली जाँघों तले और पुरानी दिल्ली के मशहूर घंटाघर के हलवाइयों की इस बेटी ने जो रौनक मचाई—जैसे प्रतियोगिता की आग लहकाती हो—

'आओ सामने आओ सामने, कोलो दी रूस के न लँघ माहिया...'

× × ×

'अज्ज मथुरा दे विच अवतार हो गया वे श्याम निक्का जीयाँ...'

न केवल चेहरे से, न जिस्म से, न हरकतों से, बल्कि गले से भी रसमलाई और ज़बान से शकरपारे की मिठास घोलती भरजाई ने जब वहाँ अपने गीतों की छेड़ी बहारें, एक के बाद एक शुरू हुए उनकी पछाड़े। लोग देखते रह गये। एक गीत पूरा हो नहीं कि दूसरा शुरू हो जाये—

'खेल तू कित्ते न्यारे-न्यारे ताँ तैनू काला कैहंदे ने
काली कोठड़ी विच जमिया, काली कम्बली विच तू फड़िया
काले जमुना दे विच तरिया, ताँ तैनू काला कैंहदे ने.... ।'

मैं बहन के आँचल में दबी-छुपी उनके हाथों में मेहँदी की खुशबू और चेहरे के ताजे खिले गुलाबों के साथ, साथ बैठी स्त्रियों को भी निरख रही थी। हँसी ठहाके, ठिठोली और बधाइयों के शोर में मैंने देखा, तमाम स्त्रियों के बीच 18-19 वर्ष का एक युवक भी वहाँ बैठा है। दिखने में ख़ूब गोरा, पतला जबड़ा चेहरा, तरुणाई की चमक ताजी घनी दाढ़ी-मूँछों के बीच ललछौंही मुस्कुराहट, काली चमकीली पलकों वाली बरौनी और उससे झाँकते कंचों जैसी आँखों की नुकीली ताब। लम्बे-चौड़े आँगन में स्त्रियों के बेशर्मी वाले टहोके, रतजगे के दुलार, मनुहार, सताना, फसाना—सब ध्यान से सुनता कभी वह किलकारी मारकर हँसता तो कभी दोनों हाथ हवा में लहराकर चुटकियाँ बजाता। बहन की सास, जिन्हें सब प्यार से 'चाइजी' कहते महल्ले की अपनी गूढ़ी सहेली 'भग्गी मासी' के साथ बड़े पीतल के थाल में शगुन के लड्डू और शकरपारों से भरे लिफ़ाफ़े बाँटती जा रही थीं। सारा समां मानो नवजात की मीठी कल्पनाओं से मह-मह मह-महा रहा था। मेरी सलोनी भरजाई पर तो सब मोहित हो रहे थे, लेकिन अब स्त्रियाँ प्रतियोगी भाव से भरकर एक दूसरे को कोहनियों से टहोका लगाने लगीं—'मायके वालों ने तो महफिल लूट ली।'

स्त्रियों में कुछ खुसर-पुसर चली और जिसे बर्दाश्त न हुआ, वह एक गठे हुए बदन की अधेड़ स्त्री थी। उसके गोरे रंग में चुटकी भर हल्दई पीला मिला था। गहरी लिप्सटिक और उन्नाबी सलवार कुरते पर बेपरवाही से गले में डली जालीदार चुन्नी थी। अपनी आधी देह को कुलांचो वाला झटका देकर एक बारगी ढोलकी को ऐसा अपनी तरफ़ खींचा कि लम्बे घने केशपाश खुलकर बिखर गये। उन्हें फिर से जूड़े

में लपेटते उनके होंठों और आँखों में तिर्यक मुस्कान आ गयी। जब्बर जाँघों के बीच ढोलकी को खींच कर दबाते जो उसने थाप देनी शुरू की, माहौल चम्मचों की खड़कार की नयी रौनक से खिसखिला उठा—

'ओ लाढ़ा नी वेखो लाढ़ा
चढ़ बैल ते आया, चढ़ बैल ते आया,
नारद मुनि विचोला बनके डाढ़ा जुलुम कमाया
जय हो!
भूतियाँ दे नाल साडा रिश्ता आन कराया
जय हो!
गो लाढ़ा, नी वेखो लाढ़ा... चढ़ बैल ते आया...'

दुल्हन के रिश्तेदार और विशेषकर सलोनी भरजाई पर कटाक्ष करके सब हँसी से लोटपोट हुई जा रही थीं। मैंने भरजाई की तरफ़ देखा, जिनका मुँह तनिक छोटा हो आया था कि अचानक हंगामा मच गया। देखते-देखते वह गोरा चिट्टा युवक पीछे की ओर पलट गया था। दोनों पैर अकड़ गये थे। अपने हाथों को फैलाकर 'क्वेक-क्वेक' की अजीब ध्वनि निकालने लगा। अफ़रा-तफ़री मच गयी। उसे जल्दी से सीधा किया गया। हाथ-पैर ही नहीं, मानों आँखें भी अकड़ी हुईं। वैसी ही अपलक सलोनी भरजाई के चेहरे से चिपकी हुई। मन तो किया, नोंच फेकूँ इन आँखों को गोल्डी-गोल्डी! उठ-उठ! पुकार मच गयी। कुछ औरतें उसके हाथ पैरों को सीधा करने में जुटीं। बहन की सास और मेरी परजाई ने हौले से बहन को समेटा और अन्दर ले आयीं।

मैं अवाक् बैठी उस स्त्री को देखती रही। उसके लम्बे बाल फिर जूड़े से ढलक कर सर्प की कुंडली की तरह कन्धों तक आ गये थे। उसकी जालीदार चुन्नी का कोना गोल्डी की मुट्ठी में दबा जा रहा था। उनका गला उससे कसा एक तरफ़ को खिंच रहा था। उनकी आँखों से दर्द

पानी बनकर बह रहा था। कसती जाती चुन्नी को उसकी मज़बूत मुट्ठी से छुड़ाते उनका शान्त स्वर किसी को पुकार रहा था–मदन! मदन को बुलाओ। मदन ही सँभालेगा इसे। मानो सारी है स्थितियाँ उनकी ख़ूब-ख़ूब पहचानी हुई हैं और सारी जटिलताओं का जवाब ईजाद कर रखा है। देखते-देखते लोगों की पुकार पर 16-17 वर्षीय हाफ-पैंट, काली टी-शर्ट पहना, साँवला, घुँघराले बालों वाला लड़का वहाँ आ पहुँचा। उसका मासूम चेहरा शर्मिन्दगी के भाव से भरा था। उस बेचारे ने 'गोल्डी' को झिझोड़ा और बोला–''गोल्डी', चल-चल। उठ जा। उसके हाथों का स्पर्श पाकर 'गोल्डी' ज़रा स्वस्थ हो आया। उसके मुँह से सनी थूक भरी लार को स्त्री ने अपनी चुन्नी से पोंछ डाला और मदन से कहा—'ले जा इसे। घर ले जा। नहीं माने तो चाबी लगा देना।'

'अब इसका भी ब्याह रचा डाल कमलेश, नहीं तो औक्खा पड़ जायेगा, तेरे को किसी दिन।' गोल्डी की नीयत भाँप, भग्गी मासी ने सलाह का टहोका मारा। आँखों को उसी चुन्नी से साफ़ करते उस स्त्री ने जवाब दिया—'कौन करे उसके साथ फेरे! कौन साथ निभाये? मैं होती नहीं सारे-सारे दिन मासी, कोई नूँ बनके आये और सारा माल पत्ता बटोर निकल जाये, स्यापा फिर अलग पुलिस चौकियाँ दा...।' बोलती–कराहती उसने अपनी ढोलकी पकड़ी और अपने रागों पर ऐसे केन्द्रित हो गयी मानो कोई बात न हुई है और न ही हो सकेगी अब कोई बात।

आगरा की जिस गली में बहन का घर था, वह शहर के मशहूर पंसारी बाज़ार के ठीक पीछे था। विभाजन के बाद आये शरणार्थियों ने अपने दम-खम पर गुब्बारे बेचकर, कचौड़ियाँ, जलेबियाँ बनाकर, छोटे-छोटे ताज महल रेहड़ियों पर लादे परिवहन और पर्यटन के लिए मशहूर आगरा में रियायती दरों पर सरकार से ज़मीन प्राप्त कर अपने मोहल्ले बसाये। इन सबके घर प्रायः एक जैसे डिजाइन के बने हुए थे। लम्बे चौड़े आँगन वाले घर, लम्बे बरांडे और फिर लाइन से तीन कमरे।

आँगन के एक सिरे पर होता महमहाता चौका-रसोई, जो ग़रीबी के बावजूद लिपा-पुता, बर्तन-भाँडों के सुन्दर रैक, सुथरे तेल, घी, मिर्च मसालों के डिब्बों से सजा होता। आँगन के दूसरे सिरे पर होता प्रवेश-द्वार, जो बाहर गली में आने-जाने वालों के लिए खुलता। दरवाज़े तो भले कभी बन्द होते कभी खुलते, लेकिन मन इतना खुल्ला-डुल्ला होता कि साँझे चूल्हे की तरह सबके दुख-सुख सबके मन में साथ पलते-पकते। कच्चे मन की तरह लकड़ी के पट्टों को जोड़कर बने दरवाज़े होते, लरजती धड़कनों की तरह उसमें लगी लोहे की साँकल होती। कोने में बाथरूम होते। बाहर आँगन में पानी के नल होते, जहाँ एक-दो बाल्टियाँ मग पड़े होते। पतली एक मोरी होती और दूसरे कोने में छत पर चढ़ने वाली सीढ़ियाँ होतीं। प्रायः सभी घर एक-मंज़िल थे। प्रायः सभी के आँगन के गोल घेरे में तुलसी चौरे थे। बहन के घर तो अमरूद का एक पेड़ भी था, जिसकी कटाई-छँटाई अभी जीजा ने कराई थी कि जनवरी-फरवरी के सियाले वाले दिनों में भी सूरज दमकता-सा आँगन में आता जाता रहे।

सियाले वाले ही इन दिनों में आगरा में पतंगबाज़ी का ख़ूब दौर होता। मकर संक्रान्ति में लोग दिन-दिन भर पतंग उड़ाते और इधर इन गलियों में लोहड़ी बलती। रल-मिलकर सब लकड़ियाँ जलाते। अग्नि के फेरे लगा कर मक्का, गुड़, तिल, नये अनाज अर्पित करते, सुख-शान्ति की कामना करते और दूसरे दिन सुबह काका-पूणी खेलते। जिन घरों में नया ब्याह या बच्चा-जन्मता, लड़कियाँ कपास के टुकड़ों की उन पर वर्षा करतीं, गीत गातीं और ख़ूब तिल-सामग्री, नगद और मान-सम्मान पातीं—

काका पूणी तेरी माँ लटूणी, पियू टूणा
काकरे दी माँ, दो चार फुल्लरे चुनवा... चुन-चुन झोलियाँ भरवा
काकरे दी माँ जीवे, जीवे पियू ते भ्रां
खट्टन आला पियू जीवे, भागाँ आला भ्राँ...

इस बार भग्गी मासी की बहन रेवती के अर्द्धविक्षिप्त लड़के की शादी हुई थी। हम सब उनके घर नयी ब्याही की काका-पूणी कर आये। यह दिन गप्पों वाला होता। सारे दिन गलियों में मँझियाँ बिछी होती, छतों पर लड़कों की पतंगबाजी होती। उधर, सभा बैठकें, जहाँ सभी जलावतनी, अपने छूट गये वतन को याद करते। किसी की आँखों में आँसू होते तो कोई वहाँ बैठे-बैठे अपने बच्चों की शादियाँ तय कर देता। कोई अपने छूट गये अपनों को याद करता, कोई अपनों को जिदा रखने लिए हाड़तोड़ मेहनत के बाद भी भूखा सो जाता। यह सच है भरे-पूरे अपने घर, लहलहाते खेत, महमदाते वतन, सोने-चाँदी की झंकारों से दीप्त अपनी बहू-बेटियों को खोकर आये इन लोगों ने अपने आँगन को फिर से बसाने के लिए बहुत मेहनत की थी। चाई जी ने बताया था, बग़ल के घर की कमलेश आँटी और मोहन सिंह भाई जी के संघर्ष का इतिहास भी कि कैसे झोंपड़ी से शुरू हुआ मेहनत का सफ़र ढाबे से होता हुआ आज आगरा चौक के मशहूर 'हनी केबिन' में बदल चुका है। हालाँकि यह बताते हुए उनकी आँखें कई बार चिन्तनीय मुद्रा में सिकुड़ जाती थी, फिर अपने सिर को झटक कर वह भली स्त्री तब केवल इतना कहतीं कि अपनी मिट्टी से दूर होकर कई की मिट्टी कितनी पलीद हुई—इसका कोई हिसाब भी नहीं।

बाद में मैंने जाना कि यह वही कमलेश आंटी हैं। 'गोल्डी' की माँ और वह उनका एकमात्र जीवित पुत्र है। कई बच्चे हुए। लोग बताते घर में दूध की बूँद तक न होती बेचारी के। औरत दिन-रात मेहनत में हलकान होती। रेहड़ियों पर चाय बेचती और नासपीटा मोहन सिंह सारे पैसे छीनकर भाग जाता। दारू पी आता। बेचारी को कूटता, पीटता, सो अलग। फिर ईश्वर ने अरज सुनी होगी, ढाबा उसका अब आगरा का मशहूर होटल 'हनी केबिन' में परिवर्तित हुआ।

कमलेश आंटी ने शराबी मोहन सिंह के हाथों से 'हनी केबिन' के सारे अधिकार अपने हाथों ले लिये। कड़ी मेहनत का काम था यह। तभी तो पूरे मोहल्ले में केवल उनका घर ही नये डिजाइन का था और दोमंज़िला भी। इस घर में कमलेश आंटी, मोहन सिंह भाई जी, गोल्डी, और मदन के अलावा 30 वर्षीय रामदुलारे नामक नौकर भी रहता। चूँकि बहन और इस घर के बीच पाँच इंच ऊँची एक दीवार थी, दोनों घरों की आवाज़ें आराम से एक दूसरे के घरों में चहलक़दमी करती हुई। दोनों घरों के रोज का कार्यक्रम लगभग निश्चित था। बग़ल वाले घर में सुबह के गये मोहन सिंह रात को लौटते। शाम पाँच बजे कमलेश आंटी काम पर निकलतीं और फिर दूसरे दिन अलसुबह आ पातीं। आते ही सो जातीं। मदन की कोई आवाज़ नहीं मिलती। वह कब स्कूल जाता, शाम चार बजे लौट आता, कब क्या खाता, पीता, बोलता। कुछ सुनने को नहीं मिलता। उसके बदले गोल्डी और रामदुलारे की पाठशाला ख़ूब जोर-शोर से चलती।

इस पाँच इंच ऊँची दीवार के दूसरी तरफ़ बहन सुबह उठकर नाश्ता पानी बना, खा-पी-कर कमरे में आ लेटतीं या क्रोशिया, सलाइयों से नन्हे जुराब बुनतीं। चाई जी सुखमनी साहेब के गुटके से जा लगतीं और मैं दाल, चावल बर्तनों में डाल आँगन के नलके पर उन्हें धोने बैठती। धूप गुनने का मन होता तो वहीं सब्जी भी काट लेती। यह क़रीब 10 बजे सुबह का समय होता। बग़ल के घर के आँगन से बर्तन धोने, कपड़े कूटते रामदुलारे गोल्डी को पाठ पढ़ाता। आख़िर उसे ही माँ के कमाये धन-दौलत का हिसाब रखना था। उनकी पाठशाला चलती–दो में दो मिलायेगा, तो कितना होगा? 18-19 साल का 'गोल्डी' मुँह फाड़ के हँसता। तनिक ठहर कर दुलरुआ 'गोल्डी' ऐंठ भरा जवाब देता-त़ार होगा।

फिर रामदुलारे पूछता–मान ले गोल्डी, तेरे पास चार आम हैं। एक आम मदन खा गया, तो कितने आम बचे? गोल्डी पहले तो हँसता, जैसे जाने कितने मजे का प्रश्न हो यह। फिर काल्पनिक आम-रस से टभकता रोज़ अलग-अलग उत्तर देता। कभी पाँच तो कभी चार...

कई बार मैं दाल चावल वहीं धोना छोड़ पास की सीढ़ियों से छत पर चढ़ आती तमाशा देखने। ईंटों की झिर्रियों से झाँकती। सचमुच वह सामने चौकी पर पैर पसारे, लकीरों वाला पाजामा और टी-शर्ट पहने, हाथों को हवा में लहराते, मुँह से उत्तरों की फिचकारियाँ निकालता। पाठ में शामिल होने वाली सामग्रियाँ बदलती रहतीं, लेकिन इन दोनों की यह गणितीय पाठशाला बदस्तूर चला करतीं। कभी कभी तो जाने किस मूड में होता गोल्डी। पहले तो हो-हो करके हंसता। मदन? मदन मेरा आम खायेगा? हम खायेगा उसका आम? फिर दोनों हँसते। रामदुलारे घुड़कता–बदमाशी मत कर, बता सीधे-सीधे और फिर दो समवेत हँसी के ठहाके। हँसते-हँसते नहीं थकता रामदुलारे। फिर पूछता–एक टोकड़ी में आठ सेब, चार सेब गिर गये, तो कितने बचे? 'गोल्डी' केवल हँसता। ख़ूब-ख़ूब हंसता। सेब नहीं केला। केला पूछो। वह हाथ मानों लहराता हवा में। आवाज़ में खुनक बढ़ जाती। रामदुलारे की आवाज़ भी पिनक से भरी होती–तेरे पास चार केले हों। एक केला तूने टॉमी को खिला दिया, तो तेरे पास कितने केले बचे? गोल्डी फिर हँसता। कहता–मेरे पास एक केला, टॉमी के पास एक केला...फिर वह भयानक हँसी हँसता। लोट-पोट हो जाता। बाये हाथ से मुँह से गिरते लार को पोंछता। हँसी नहीं रुकती, फुत्कारता तेज़ आवाज़ में, मरपदना के पास एक केला...सब केले मेरे...।

मरपदना? फिर वही? मदन बोल! रामदुलारे ग़लती सुधारता। अचानक 'गोल्डी' देर-सवेर चीखने लगता–मरपदना ओ मरपदना। कित्थे मर गया ओये मरपदना...। फिर शायद उसके हाथ-पैर टेढ़े हो जाते। क्योंकि रामदुलारे की आवाज़ आती–गोल्डी, गोल्डी, सीधा हो जा।

हाथ सीधा रख, देख मदन आ गया...और तब अन्दर से कमलेश आंटी की आवाज़ आती–चुप करा दुलारे इसे। फिर उनके जगने का समय होगा, वे उठतीं तो माने घर की चहल-पहल उठती। कई मिलने वाले चले आते। घड़ी-घड़ी चाय बनती। वे गुनगुनाती—'दो पत्तर अनारों दे, दुख साड्डा समझनगे..., दो पत्तर अनारां दे...।' वे नहातीं। बहन के घर तक उनके चन्दन-साबुन की ख़ुशबू लहराती। चौके में मसाले भूने जाते। कड़छी-पतीले संग खनकदार आवाज़ में बतियाती। मालकिन चाय...। आधे-आधे घंटे में चाय पीने की शौकीन उस स्त्री को देख मैं सोचती, अपनी मर्जी का स्वावलम्बी जीवन क्या जो होता है और क्या जो उसके इतने ठाठ होते हैं।

छोटे शहरों में रात अमूमन जल्दी हो जाया करती है। रात के 10 बजते-बजते गली के तमाम घरों में अँधेरा छा जाता। गली के मुहाने पर लगे लैम्प पोस्ट का धुँधला बल्ब कभी जलता, कभी बुझता रहता। सियाले की नीरव रातों में मैं लालटेन जलाकर और दुलाई अच्छे से ढँक ओढ़, बरामदे की मेज़-कुर्सी पर पढ़ने का यत्न करती। लेकिन कभी-कभी पड़ोस की कुछ आवाज़ें खलल देने वाली होतीं। एक तो मोहन सिंह भाईजी के होटल से घर लौटने पर होती। दुर्गन्ध का एक भभका उठता–औक्क-औक्क जैसी कै करने की आवाज़। स्वयं को सँभालने वाले भतीजे को दिये माँ-बहन की गालियों के टुकड़े हवा में तिरते आते... फिर दूसरी आवाज़ अन्दर के कमरों से निकलती–गों-गों जैसी हल्की काँपती आवाज़, जिसमें सुकून और कराह–दोनों होते। सित्कारियाँ होतीं। यह आवाज़, मानो दर्द की कोई पगडंडी पार करती हुई रूहों की बेचैनी समेटे होती, जो बहुत हल्की होने पर भी बेतरह बेचैन करती। फिर मेरा पढ़ने से मन एकदम उचट जाता। समझ भी नहीं पाती थी कुछ। वतन से बिछुड़े हुए कई कराह उस गली में क़ैद थे और ठीक-ठीक न पहचान होने से 'कभी मुझे इस आवाज़ में कभी एक करुण रुलाई और कभी

एक फूहड़ हँसी भी सुनाई देती। मेरा शरीर पसीने से नहा जाता। फिर तो सारी रात भले ही क़िताबों के पृष्ठ फड़फड़ाते हों, क़लम की निब खुली रह जाये, कॉपियाँ पुकारती रहें, धक-धक कलेजे से किसी तरह लालटेन बुझाती मैं दौड़ जाती अन्दर और बहन के बिस्तर में दुबक जाती।

आगरा की गलियाँ अलवर की गलियों जैसी न थीं। यहाँ रोज़ शाम को गली पर मँझियाँ आ जुड़ती थीं और रात को गली पर साँझा तन्दूर अभी भी बलता। स्त्रियाँ एक दूसरे के दरवाजों पर एकत्र होतीं और अपने दुख-सुख, रोजनामचे करती। फरियाद भी होती, पंचायती भी। ये मोहल्ले अपने-आप में एक पूरी दुनिया थे, जो उजड़ने के बाद बसने लगे थे और इस बसावट में सब चोटिल थे। सबके जीवन मूल्य छिन्न-भिन्न हुए थे और सब पूरी जद्दोजहद के साथ फिर से अपनी पुरानी जिजीविषा लिये नये जीवन-निर्माण में जुटे थे।

मोहल्ले में नयी ख़बर थी–वीरांवाली आंटी के बाल रँगने के प्रयोग को लेकर। उन्होंने कल ही कहीं काम पकड़ा और ढंग से आने की चेतावनी पर असमय सफ़ेद हो आये बालों को रंगने का यत्न किया। लेकिन यह बहुत कष्टदायी रहा। उनका सिर सूजकर डबल हो गया था। चेहरा लाल भभूका। हम सब उनका हाल पूछ कर वापस आये थे और अभी शान्ति आंटी के दरवाज़े तक ही पहुँचे कि जहाँ अन्य जनानियों ने बातों में हमें घेर लिया। मैंने देखा कमलेश आंटी को घर से निकलकर काम पर जाते हुए। मैं तो उनके चलने के अन्दाज़ पर भी मोहित थी। उन्होंने गहरे हरे रंग का सूट पहन रखा था। मैचिंग हरा पर्स लिये रामदुलारे उनके पीछे-पीछे आगे सड़क तक छोड़ने साथ जाता था, जहाँ उनका स्थायी रिक्शे वाला अजमल रिक्शा लिये उनके इन्तजार में होता। एक बार मुड़कर सबको राम-राम करती हुई वे ठसके से निकल गयीं। जालीदार हरे दुपट्टे को देखते ही मुझे उनका उस दिन का रुआँसा चेहरा याद आ गया—एक माँ की व्यथा, जवान बेटे की दुर्दशा और उसे देख काँपता,

कष्ट पाता उनका जिगरा! मेरे मुँह से निकला, कितनी अच्छी हैं न? कितना सहती हैं बेचारी? मेरे इतना कहते ही मैंने देखा, सब मुँह दबाकर फिस्स-फिस्स हँस पड़े हैं। शान्ति आंटी ने मुझे गौर से देखा और कहा–'हाय-हाय, तू तो बच्ची है, तेरे को क्या पता। इवें-इवें तो कुकर्म कीत्ता हुण शोहदी बनी फिरदी है। पहले बच्चों के लिए दूध नहीं था, अब जिन्दा खिलौने ख़रीदती फिरती है। पापिन! सारे पंजाबियाँ दा नाम मिट्टी विच मिला दित्ता...। कुंडली मारे बैठी है नागिन...।'

भैणजी सूट वेख्या? नवा आया है। नेपालों आया है। आगरे दे बाज़ार दा नहीं है। चाई जी ने मेरा हाथ पकड़ा और चलने को हुईं कि फिर एक तिक्त स्वर आया–कोई इसे बोलने वाला नहीं अब। झोंपड़ थी इसकी। पूछो न चाई जी से। चाई जी ने भी अब क्या मुँह खोलना 'गली दा तन्दूर सब दे हिस्से, बड़े-बड़े लोकाँ दे बड़े-बड़े क़िस्से।' हम चुपचाप घर आ गये।

कल शाम से ही बहन को रह-रह दर्द उठ रहे थे। चाई जी ने कमलेश आंटी के घर जाकर जीजा को फ़ोन पर हाल कह सुनाया। वे बेचारे भागते-से रात तक पहुँच गये थे। सबेरे ही बहन को अस्पताल में एडमिट कर दिया गया। समय पर रोटी पानी अस्पताल भी भेजना है, सो मैं बरामदे की बिछी चटाई पर सब्जी काटने बैठी। यह दोपहर ढले का समय था। शाम के चार-पाँच बज रहे होंगे। चाई जी हाथ में जपुजी साहब का गुटका लिये, गोड्डे पसारे आँगन में पाठ कर रही थीं। अमरूद के पेड़ से अटकी किरणों ने आँगन तो छोड़ दिया था, लेकिन उनके सिर पर पड़े सफ़ेद दुपट्टे के गोटों से आँखमिचौली खेल रही थी। छतों पर छोटे और बड़े बच्चों का हुजूम पतंगबाज़ी के लिए जमा था। एक मंज़िल वाले घर के लड़के भी मँझा और लटाई लेकर दो मंज़िले पर चढ़ आये थे। पूरे मोहल्ले में कमलेश आंटी का ही सिर्फ़ दो-मंज़िला मकान था और यह बहन के घर से बिल्कुल सटा हुआ भी था। चारों ओर वह काटा...

वह गया... ले काटा... काट के दिखा.... औऽऽ तेरीं ऽऽऽ... जैसी आवाज़ों का शोर गूँज रहा था। मैं बहन के घर आने वाली नन्ही किलकारियों और सपनों में खोयी थी। सब्जियाँ काटकर छिलकों को एक बर्तन में इकट्ठा किया और उन्हें कूड़ेदान में फेंकने उठी ही थी कि मेरी आँखों ने जो दृश्य देखा वे अगर बोलने में सक्षम होतीं तो चीख़ पड़तीं। ज़बान रखने वाले मुँह की तो बोलती ही बन्द थी। मैंने देखा, एक उड़नतश्तरी ऊपर से तैरती हुई आयी है और अमरूद के पेड़ से थोड़ा अटकती, रुकती चाई जी की गोद में आ गिरी है। हट्टी, कट्टी, हृष्ट, पुष्ट चाई जी के हाथों से गुटका छिटक कर दूर जा गिरा और वे भयभीत हो बुरी तरह चीख़ रही थीं। मेरी आँखें भी झपझपा गयीं। एकदम बन्द हो आयी आँखों को जब खोला तब देखा, चाई जी चित्त पड़ी हैं और उन पर एक नंग, धड़ंग लड़का बेहोश पड़ा है। अमरूद के पास लगे तुलसी चौरे से जिसका पैर टकराया है और बलबलाते ख़ून की धार फूट पड़ी है। मैंने कटी हुई सब्ज़ी का कटोरा वहीं पटका और दौड़ पड़ी आँगन में।

चाई जी बेचारी सदमें में अभी तक डरी सहमी, चिल्लायी जा रही थीं– बचाओ, बचाओ, लोकाँ बचाओ दुष्मणाँ आ गयेण भागो बचाओ...। मैं थर-थर काँप रही थी। किसी तरह उस लड़के को सीधा किया। आँगन के दरवाज़े पर जो गली में खुलता था, उस पर तेज़ थापें पड़ने लगी– दरवाज़ा खोलो। दरवाज़ा खोलो। की होया? की होया? चाई जी भी किसी तरह उठीं। कुंडा ज़ोरों से खड़काया जा रहा था–दरवाज़ा खोलो! शोर मचने लगा–मदन गिर गया है... उत्तों कोठ्याँ अतों... दरवाज़ा खोलो...।

मैं दरवाज़ा खोलने जा रही थी कि लड़के को जो अब सीधा पड़ा था और आँखें खोल समझने की कोशिश कर रहा था कि उसे हुआ क्या है, क्या वह ज़िन्दा भी है? या मेरी नज़र जहाँ पड़ी धक्क से रह गयी। हवा में शायद उसका पैंट खुलकर या ढीला होकर उतर गया था और उस जगह

आधे इंच का पतला, मरे हुए काले झींगुर-सी कोई चीज़ थी। चारों तरफ़ सूजन, काली पड़ गयी खरोंचे, लाल-नीले दाग़...।

चाई जी उठ बैठीं। तनिक-सी देर में वे समझ गयी कि मदन पतंग के चक्कर में गिरता हुआ, उनकी गोद में आ समाया है! जपुजी साहेब ने उसका अंग-भंग न होने दिया। लेकिन अंग का यह कैसा ढंग? दरवाज़े पर थाप तेज़ होती जा रही थी। हल्ला मच गया था—'मदन गिर गया है, मदन गिर गया है, चाई जी के अँगने में ऊपर तीन मंज़िले से। मेरी आँखों का पीछा करती चाई जी की आँखें भी उस जगह तक जा पहुँचीं और इस प्रकार वह बुजुर्ग महिला सुनी गयी आशंकाओं के ज़िन्दा स्वरूप को देखकर सिहर गयीं। भड़-भड़ भड़-भड़, दरवाज़ा मानो टूट कर गिर पड़ेगा। दौड़ती हुई मैं दरवाज़ा खोल आयी। आँधी की तरह औरतों का झुंड अन्दर आया। चाई जी, मदन को हिला-हुला कर पूछ रही थीं—'ए के कित्ता? क्या हुआ है यह? क्या करता है इसके साथ, मांयाह्वा... बोलता क्यूँ नहीं फिट्टाथीवें..., केड़ी अग्ग लग्गी हुई है, दस्स...'

मदन को अभी भी मानो होश नहीं। सुन्दरी आंटी ने एक हाथ से बहते ख़ून को रोकना चाहा दूसरे से पैर में फँसी पैंट को ऊपर चढ़ाया कि हाथ जाने कहाँ कैसे लगा, मदन में प्राण लौटे। उसने सीत्कार भरी। दोनों टाँगे फैला दी। कंठ से गों-गों करती आवाज़... भर चाबी, भर दे, कितनी चाबी भरेगा... सुन्दरी आंटी ने तुरन्त हाथ पीछे कर लिये। मदन की आँखें फिर मूँद गयीं। यह देख सुन वहाँ मौजूद स्त्रियाँ सकते में आ गयीं। उन्होंने अपने खुले मुँह में अपनी चुन्नियों के कोर दबा लिये। मदन की घुटी हुई घिघियाई आवाज़, मानो किसी दर्द की पगडंडी से आती हो। कुहरती-सिहरती आवाज़–'बस कर 'गोल्डी'!!! बस कर!!!' मैंने रस्सी से लटकती चुन्नी उतारी और उसकी टाँगों पर डाल दी।

सामने 'हाय, हाय, बिन माँ पियू दा बच्चा! रब्ब मेहर करे।' भग्गी मासी के करुण स्वर से सब मानो होश में आये। भगदड़ मच गयी।

बन्ती मासी दौड़ी, गरम घी ले आयीं। उसके हाथ-पैरों में मलना शुरू किया। निम्मो दी ने उसके घावों को सँभाला, मुन्नी आंटी दौड़ी गरम दूध में हल्दी घोल ले आयीं। सज-धज कर तैयार होटल निकलती कमलेश आंटी को वहीं दबोच लिया गया। दूसरे के फटे में कभी दख़ल न देने वाली चाई जी ने फिर इतनी गरमागरम गालियाँ सुनायीं कि उन्होंने पूरे समाज के आगे अपनी लापारवाही और ग़ैर-जिम्मेदारियाँ के लिए उनके पैरों पर गिरकर माफ़ी माँगी। फूट-फूट कर रो रही थीं वे।

आँखों से बहते आँसू सूरमे से मिल ऐसे काले लावे लग रहे थे, जिनमें अपने इकलौते बच्चे को किसी तरह बचा लेने की जिद्द का इतिहास छिपा था। सिसकती हुई कमलेश आंटी को भग्गी मासी बाँह पकड़ वहाँ से ले गयीं। श्यामू भैया अजमल की मदद से मदन को डॉक्टर के पास ले गये। दो, चार दिन आराम करने और दवाइयाँ लेने के बाद मदन फिर स्कूल जाने लायक हो गया। आम बच्चों की तरह अब वह हँसता, मुस्कुराता। घर में अब उसके भी बोलने की आवाज़ें आतीं। एक फ़र्क़ और आया। वह स्कूल जाने से पहले बिलानागा चाई जी का मत्था टेकने बहन के घर ज़रूर आता। नन्ही गुड्डों को चुमकारे देता और चाई जी को पैरी पोना करता कि उनके गोद ने उसे बचाया है।

अब मैं पढ़ती तब कभी बर्तन खड़कते, कभी दुर्गंध आती, गोल्डी वैसे ही चीखता-चिल्लाता, लेकिन दीवारों में सुराख कर देने वाली, पीड़ा भरी वह गों-गों की कुहरती सिहरती आवाज़ आनी बन्द हो गयी थी।

घाघरिया घूमो रे

बचाओ, बचाओ! हाय हाय! एक बच्चे की चीख़ती आवाज़ ने मुझे बाल्कनी तक दौड़ा दिया। दो स्त्रियों की चिनचिनाहट। एक कुत्ता लगातार भोंक रहा था। फिर एक साथ कई कुत्ते भौंकने लगे। हल्ला-गुल्ला। कोहराम मचा हुआ था।

मैंने लपककर रेलिंग से नीचे झाँका देखा सात-आठ साल का एक बच्चा डर से अपनी माँ की टाँगों से चिपका हुआ था। माँ के दोनों हाथों में थे पत्थर। मुहल्ले के तीन चार कुत्ते गुर्राते हुए, पत्थर से भय खाते वापस अपने अड्डे की ओर लौट रहे थे। लौटते राहगीरों की भुनभुनाहट चरम सीमा पर थी—कुत्ता पाल रहे हैं, सँभालने तक तो आता नहीं। देखा, दूर जाती पतली एक स्त्री अपने हाथों में पकड़ी जंज़ीर घसीटती बढ़ी जा रही है, जिसके दूसरे छोर पर छोटी-सी एक कुतिया बँधी है, जो दूर से एकदम मदारियों की पालतू बन्दरिया लगती है। अमूमन उन्हीं की तरह पोशाक धारण किये हुए। गले में फुँदने सहित घुँघरू पहने, कमर से नारंगी रंग का लहँगा आधा लटकता और आधा सिमटा हुआ सिला हिस्सा। बाद में ही जान सकी थी कि वह कुतिया है, बन्दरिया नहीं।

पहले भी देखा था इस स्त्री को कई बार। लम्बा-पतला चेहरा, उस पर लाल काले लम्बे निशान मानो ताबूत के कील गाड़ के निकाल ली गयी हों, आँखें कड़ी धूप से बचने के लिए सिकुड़ी कंजी-सी। अकेली घूमती रहती वह कई बार। बड़बड़ाती हुई। सलवार का एक पायंचा

तनिक ऊपर को उठा हुआ। चटाक-चटाक की आवाज़ से चप्पल को चटकाती चलती, मानो सड़क को इतनी मार मारेगी कि बेचारा सड़क छोड़ गली में घुस जायेगा।

मेरी मकान मालकिन की बहू से मैं कभी-कभी बातें कर लेती, जब वह मेरी बालकनी के किनारे की सीढ़ियों से ऊपर छत की ओर निकलती कभी मँगौड़ियाँ, तो कभी बड़ियाँ सुखाने। उसी ने बताया—'आगरा की है। पागल है दीदी यह। है तो पढ़ी-लिखी, अपने माँ-बाप की इकलौती। बाप ज़िन्दा नहीं है। यहाँ एक सरकारी स्कूल में बच्चों को पढ़ाने जाती है। पति भी छोड़ के चला गया है। अपनी नौकरी पर ही रहता है। कभी-कभी जायदाद का हाल लेने आता है। यहाँ से तीन मकान छोड़कर, जो बड़ा मकान है, इसी का है। जेठ-जिठानी रहते हैं। ख़ूब मार-पीट करते हैं इसके साथ। नीचे का हिस्सा इसी का है। उसमें रहती है।'

मैं अभी इस कर्मचारी कॉलोनी में नयी-नयी शिफ़्ट होकर आयी थी। यह कॉलोनी हालाँकि पॉश नहीं थी, लेकिन सुन्दर, हवादार, धूप से घिरी पहली मंजिल पर मुझे घर मिल गया था, जो मेरे कॉलेज के क़रीब भी था, मुझे ख़ूब पसन्द आया। नीचे सीमेंट का बना बड़ा खुला स्पेस था, जिसमें मकान मालकिन के नन्हे पोते-पोतियाँ खेलते और एक तरफ़ मेरी लम्बी काली कार मजे से पार्क होती। सभी घरों के सामने ख़ूब चौड़ी जगहें छोड़ी गयी थीं, जो प्रायः सीमेंट की बनी होतीं। लोगों ने टाइल्स भी लगवा रखे थे। दो घरों के बीच के स्पेस में एक बेंचनुमा बना होता था जैसा अमूमन पार्कों में बना होता था। सर्दियों में स्त्रियाँ सुबह यहाँ बैठकर मटर छीलतीं या बथुआ-पालक काटतीं, गर्मियों में पानी छिड़कर सब बैठ गपियातीं। मेरे वाले घर के तुरन्त बाद कम्पाउंडर महेश का घर था। हम दोनों के घर के बाहरी स्पेस के बीच जो सीमेंट की बेंच थी, वह नीचे से खोखली थी और उसमें नीचे छोटे सुन्दर तीन कुत्ते रहते थे। ये कुत्ते खाना तो उस घर से प्राप्त करते, लेकिन अब पास में लगी मेरी कार के शेड में

ख़ूब खेलना और छुप के गडमड होकर सो जाना पसन्द करते। मुझे इन्हें देखके ख़ूब मजा आता। सारा अकेलापन दूर हो जाता। मकान मालकिन के नन्हे बच्चों के साथ वे भी गेंद खेलते, भौं-भौं करते जाने क्या बातें करते मैं समझने की चेष्टा में रोज़ शाम की चाय इनके साथ पीती। बीच-बीच में पारले-जी बिस्किट भी गिराती। बिस्किट का गिरना, उन्हें खाने के बाद नन्ही पूँछ हिला-हिला कर और उम्मीद के साथ ऊपर तकना, बच्चों की खिलखिलाहट और उनका दौड़ना यह प्रायः रोज़ का गेम था। उनका भी मेरा भी। हमने उन तीनों के नाम रख दिये थे–पीलू, कालू और जैकी।

रात में यह घर बहुत मनमोहक हो जाता। छोटा शहर था यह। चारों ओर से अरावली पहाड़ियों से घिरा। दिन में गर्म और रात को चमत्कारिक रूप से ठंडा हो जानेवाला। दो कमरों का यह मकान बाहर एक बरांडे से अटैच्ड था और उसी बरांडे के कोने में थी एक छोटी रसोई। इसका दरवाज़ा बाहर बरांडे में ही खुलता। हॉल इस बरांडे के एक तरफ़ सीढ़ियाँ थी, जिससे ऊपर छत पर जाया जा सकता था। बरांडे की बाउंड्री पर सुन्दर ग्रिल लगी थी। मैं यहीं कुर्सी लगाकर बैठती और पीलू, कालू, जैकी को बिस्किट खिलाती चाय पीती। सामने चौड़ी सड़क थी। सड़क पर चारों ओर लोहे की जालियाँ लगी थीं। जिनसे जंगल झाँकता था। इस जंगल के कुछ दूर पार रेल की पटरियाँ थीं। सड़क के इसी किनारे तीन-चार छोटी दुकानें थीं। एक स्टेशनरी की एक, दो ग्रोसरी की और एक मर्दाना सैलून। कॉलेज के आते-जाते लड़के यहाँ बाल बनवाते और मोटरसाइकिल रोक कर लोहे के जंगले के पास मुँह ले जाकर कभी पेशाब कर आते, तो कभी छिप-छिपाकर सिगरेट पीते। मैं नहाकर बाल सुखाने धूप में खड़ी होती, तो ये सब दीखता और एक छोटी जीवित दुनिया का सुकून मन में उभरता। छोटा-सा शहर यह शाम होते ही उँघने लगता। आठ-नौ बजते-बजते कमरों से टीवी की आवाज़ें लुप्त होने लगतीं और गहरा सन्नाटा चारों ओर ठहर जाता। सामने सड़क पर एक

दो-जोड़ियाँ या परिवार डिनर के बाद की चहलक़दमियाँ करता नज़र आता और मैं अपने लिखा-पढ़ी की ओर मुड़ जाती। मैं पढ़ने लिखने से थकती तो बाहर दरवाज़ा खोलकर किचन में आती और ग्रीन टी बनाकर कुछ देर बालकनी में जा बैठती। लैम्प पोस्ट में तब सड़क की ओर मुँह करके बैठना बहुत अच्छा लगता। चौड़ी-सी सड़क लोहे के तारों में घिरी जंगल की बाड़, फिर बहुत दूर खुली पटरियों पर रात को जब रेलगाड़ियाँ दौड़ती मुझे 'पाकीजा' फ़िल्म के राजकुमार की बेतरह याद आती। रेलगाड़ी भी शायद पसन्द करती थी मुझे, क्योंकि मैंने ग़ौर किया, जब वह मेरी बालकनी के सामने गुज़रती ठीक तभी कूक लगाती। मैं अन्दर रहूँ, तब भी दौड़ कर बाहर आ जाती और वह अपनी पूरी रफ़्तार से दौड़ती हुई अपने छोटे-छोटे घर में जलती बुझती बत्तियों समेत अपने यात्रियों को ले आनन-फानन में ओझल हो जाती। मैंने इस बात को जब अपने पंजाबी महबूब से कहा, तब उसने प्यार से मुझे अपने से सटा लिया और कहा, ओय मेरी कमली, तू मीना कुमारी से कम है क्या? तेरा सुघड़ किचन और ग्रीन टी देख उसे भी खाने-पीने का मन कर जाता होगा। पंजाबियों को खाने और दिल्लगी करने के सिवा आता क्या है—बोलकर मैं अपने को किसी तरह छुड़ाती उससे।

दोपहर के दो बजे थे। कॉलेज से लौटकर ज्यों ही गाड़ी पार्क की पीलू, कालू और जैकी ने दौड़ कर इस्तकबाल किया और दुम हिलाते खड़े हो गये। मैंने ज़ोर से कहा, अभी नहीं, शाम को, शाम को होगी पार्टी कि तभी लपकती हुईं आती लता इक्कीस वर्षीया मेरी छात्रा दिखी, जो पड़ोस में ही रहती थी, उसने ने मेरे हाथों से मेरा पर्स ले थाम लिया। मैडम, दो बार आयी हूँ। आप चलिए माँ ने बुलाया है। कीर्तन ख़त्म होने को है। बाबूजी ने भी कहा है आपको ले आने को। लता मेरे कॉलेज में पढ़ती मेरी छात्रा है। मैं उसकी पड़ोसी बन गयी हूँ उसकी एक ख़ुशी भरी गर्वीली चमक उसके चेहरे पर रहती है। कल उसकी माँ ने घर आकर न्योता दिया था।

अब कुछ कहने का कोई अवसर दिये बिना वह आगे बढ़ चली और मैं उसके पीछे। दूर से ही ढोलक की थाप और माता के भजनों की धुनें कानों में आने लगीं। 'मैं आया, मैं आया शेराँवालिये... पहाड़ावालिये, जोताँ वालिये' चप्पल उतार कर अन्दर बढ़ी, जहाँ गुलाबी नीली दरी बिछी हुई थी। माता का आसन सजा हुआ था। सुरों के बीच एक नकियाती तेज़ आवाज़ ज़बरन घुसी चली जाती थी—'ओ जोताँ वालिये...शेराँवालिये।' मानो कोई ढीठ बच्ची स्कूल में चल रहे प्रार्थना सेशन में देर से पहुँच और बीच में कहीं भी घुस ऊँचे सुर से अपनी उपस्थिति को पक्का करे। वह वही थी। सरकारी स्कूल में छोटे बच्चों की टीचर। साड़ियों में सजी स्त्रियों के बीच वह अपना राजस्थानी घाघरा छितराये बैठी थी। कान में पुराने डिजाइन के सोने के झुमके, उँगलियों में अँगूठियाँ, माथे पर बोरलो। लम्बी छड़ी-सी उस स्त्री के बदन में मुझे जितना तनाव नज़र आया, चेहरा उसके मुकाबले अलग-सा मुलायम। ख़ासकर, कपोलों से नीचे जाते और होंठों के कोनों पर मानो कायनात की कोई अजूबी चीज़ आ ठहरी थी, जो अजब तरह से व्यंग्यात्मक मोड़ देती थी पूरे चेहरे को। वह चिल्ला रही थी, गा रही थी, चीख़ रही थी... 'ओ पहाड़ावालिये...।' मुझे हँसी आ गयी उसे देखकर। मेरी नज़रों की ताब झेलती सकुचाई वह स्त्री मेरी हँसी से एकटक निर्वाक हो मुझे देखने लगी और तभी एक द्युति उसके होंठों के कोर पर एकदम कौंधी जो निरीह मासूमियत में बुद्धि के तीव्र बाँकपन से भरी थी, लेकिन यह बस एक ही क्षण में पकड़ आने वाली शै थी। दूसरे ही पल वह वैसी ही मस्त थी, पागल-सी।

भोजन और प्रसाद लेने के उपरान्त मैं सैंडिल पहन रही थी कि उसने मुझे टोका-नमस्ते बहिन जी। बहिन जी? मैंने इधर-उधर देखा। मैं ही थी एकमात्र जो चप्पलों के ढेर पर खड़ी दीवार पकड़ सैंडिल पहनने की कोशिश कर रही थी। नमस्ते! कैसी हैं आप? मैंने औपचारिक प्रश्न उछाला। जी बहुत अच्छी हूँ। वह मानो शुरू हो गयी–घाघरिया आपको

बहुत याद करती है। जब भी वहाँ से जाते हैं आपके घर पर ज़रूर रुकते है। वहाँ उसके दोस्त लोग भी रहते हैं न? कौन? आपकी बेटी? हा... हा...हा मेरी बेटी? हाँ, हाँ, मेरी बेटी ही तो है, मेरी घाघरिया...मेरी सारा। मुझे लगा इस पर दौरा पड़ने वाला है शायद। बाल बच्चे तो हैं नहीं। जाने क्या बड़बड़ा रही है। मैं जल्दी से घर आने को उद्यत हुई, जैसे ही अपने घर पर पहुँची देखा जाने कब-कैसे पहले पहुँच कर पीलू, कालू और जैकी को पूड़ी, घुघनी और हलवा का प्रसाद प्रेम से खिला रही है। मैं बिन कुछ कहे अपनी सीढ़ियाँ ऊपर चढ़ आयी। फिर जाने मन में क्या आया। दो सीढ़ियाँ नीचे उतरकर झाँका और पूछा–आपका डॉगी कहाँ है, डॉगी? डॉगी कौन! अच्छा सारा? घाघरिया? सो रही है। घर में। बदमाश है बहुत। उसको बीमारी है न दिन में सोती है, रात भर जागती है–जैसे उसने अपने नवजात शिशु के बारे में चहक कर बताया। बीमारी? क्या बीमारी? न...न...न...ठठाकर हँसती पगली बोली–कोई बीमारी नहीं है उसको। अभी तो वह दो महीने की ही है। हम उसे ले जाते हैं। सारे इंजेक्शन सब दिलवा के लाते हैं। तब भी लोग उसके पीछे पड़े रहते हैं। इधर-उधर के लोग भी सुन ले, ज़रा ज़ोर से उसने कहा। मैंने देखा, वह बोलती है, तो बोलती ही चली जाती है। जाने कब से बोली नहीं हों। सब बोल देना चाहती हो। चाहे कोई सुने, न सुने। वह बोल रही थी। उसे हम दिन में अब नहीं घुमाते। सब लोग को शिकायत हो जाती हैं–आगरा वालों के शुद्ध उच्चारण सचमुच कमाल के होते हैं–मैंने मन में सोचा। वह कहती जा रही थी। आज तक तो किसी को काटा नहीं, कुत्ता जाति है, तो भोंकेगा भी नहीं? आप किस किसका मुँह बन्द कर दीजिएगा? ये तो कालू, पीलू, जैकी हैं न। ये हमारी घाघरिया के दोस्त हैं। ये मेरे बेटे हैं। वह उन तीनों के सिरों पर यूँ हाथ फेर रही थी, मानो सच में उसके बेटे हों। अच्छा एक बात बताइए बहन जी? बहिन जी, मैं चौंकी, सिर घुमाकर आस-पास देखा। अन्य स्त्रियों को लौटते देख मैं ऊपर बढ़ गयी।

दोपहर में देर से गरिष्ठ भोजन का प्रसाद पाया, तो रात में मैंने डिनर स्किप कर लिया। सिर्फ़ ग्रीन टी लेकर अपने कमरे में आ गयी। रात के बारह बजते-बजते एकदम से भूख लग आयी। मैं दरवाज़ा खोल किचन में चली आयी और चूल्हे पर मैगी के लिए पानी चढ़ाया। मैगी डालकर चम्मच हिलाने ही लगी थी कि कूक बजी। मेरा ध्यान कहीं और था। रेल ने कूक मारी। मैगी के पैकेट से कच्ची मैगी फाँकती नथुनों में खौलते मैगी की महक भरे मैं खिड़की से ट्रेन को देखने लगी। कितना सुन्दर दृश्य। छोटे-छोटे घर ट्यूबलाइट से दिपदिपाते। कई लोग अधसोये-अधजागे से। मुझे लगा ये केवल ट्रेन के डिब्बे नहीं हैं। कई घर और कई लोग मुझसे मिलने यूँ ही चले आये हैं कि चले जाना है। धन्यवाद तो दूँ इनका जो इतनी गहरी रात में अभी सब सो नहीं गये हैं। चहल-पहल है क्षणभर के लिए चुम्बक की तरह खिंचे चले आये हैं। इस बीयाबान में बिना राह पहचाने रुक गये हैं। कौन जाने इन डिब्बों में सबने खाना खाया है या नहीं....कौन जाने किसी को मैगी की तलब लगी हो, फॉर्क हाथ में लिये लिये, दौड़कर बालकनी में आयी। मुस्कुरायी ही नहीं, हाथ हिलाकर वेव भी किया और यह क्या, ट्रेन चल पड़ी। इसीलिए रुक गयी थी नामुराद? चली वह मदमाती चाल, फिर तेज़ और तेज़, मिलन की यह किलकारी मुझमें गूँज रही थी। जीवन जाने कब-कैसे-किन प्यारे रिश्तों से भर उठता है। रेल की ख़ुशी से मन ख़ुश हो गया। रेल के डिब्बे सरकते जा रहे थे। जाओ, अनजान यात्रियों, अनजान साथियों आज डिब्बे में एक हो कल सब जुदा हो जाओगे...उनसे मिलोगे, जिनसे मिलना मुकर्रर है। मैं रेलगाड़ी के डिब्बे सरीखे घरों, उसमें जलती ट्यूब लाइटों की छिटकी रोशनी, उनमें सोते जागते लोगों के प्यार में फँसी और आगे बढ़ गयी रेलिंग तक। अजीब सुख था। साफ़ नीले आकाश में धुनि-कौंध बिखेरती टिमटिमाते नन्हे तारे कभी सो रहे थे और कभी जगकर एकदम मुस्कुरा रहे थे। रात का मूड भी सोने जैसा न था। जागी-जागी-सी रात थी।

चौड़ी काली कोलतार की चमकती सड़क, सम्मोहक सन्नाटा, नीले आकाश में तैरता चाँद, पीछे जंगल से आती भीनी-भीनी ख़ुशबू...।

मैं अपने फेफड़ों को इस हवा से ख़ुशबू से और सन्नाटे से भर लेना चाहती थी। आँखें बन्द कर, नथुनों को सिकोड़ती और क़रीब आती, गहरी साँस खींचने का जो प्रयत्न किया कि एक गुर्राहट सुनी, कुछ घुँघरू भी खड़के...हे भगवान कदम तड़प कर पीछे खींचे। डर गयी एकदम। मकान मालकिन ने बोला था इस तरह रात-बिरात दरवाज़ा खोलकर बाहर न आया करो। स्टेशन की पटरी पर कई हादसे होते हैं। तो कोई चुड़ैल? भूतनी? डर गयी एकदम। संयत कर, साँस रोका और धीमे से जो झाँका नीचे स्तब्ध रह गयी। पक्की सीमेंट के ठल्ले पर वह बैठी थी कच्ची-सी। सिकुड़ी–सी। हाथ में जंजीर थामे। उसकी घाघरिया बीचों-बीच बैठी थी और तीनों कालू, पीलू और जैकी उसे घेरे हुए लोह-लपाट हुए पड़े थे। मेरी गहरी साँस लेने की कोशिश ने एक को गुर्रा दिया था। वह कह रही थी कुछ नहीं...कुछ नहीं। बहिन जी है। बहिन जी...? हे भगवान मैंने कलाई देखी। एक बज रहा है। यह क्या कर रही हैं यहाँ? क्या इसे फिर पीटा गया है? घर से निकाल दिया गया है? रात को अकेली क्या कर रही है? कब तक यूँ ही बैठी रहेगी? मैं उसे आवाज़ देने को नीचे झुकी कि रुक गयी। यह तो इतनी ज़ोर से बोलने लगेगी कि सोये सभी लोग जग जायेंगे। अन्य पड़ोसी भी। जाऊँ क्या नीचे? मैंने अपने में दम भरके इशारे से पूछा–क्या हुआ? उसने इधर देखा और अपनी एक बाँह उठा दी, बाँह पर सफ़ेद पट्टियाँ? हाथ में क्या हुआ? कुछ न बोली वह। बस होंठों पर उँगली रखे–शीऽऽ मुझसे रहा न गया। अक्टूबर के इस महीने में हल्की ठंड तो थी ही, लेकिन मेरा शरीर उसकी सन्देहात्मक स्थिति से भी लरज रहा था। स्टॉल से शरीर को लपेटा और सीढ़ियों का दरवाज़ा खोल धीरे-धीरे नीचे उतर आयी। बाहर मैं नहीं जा सकती थी। मेन गेट पर ताला लगा था। चाभी से खोलती भी तो आवाज़ होती। मैंने चप्पल उतारे।

तुलसी माँ को प्रणाम किया और सहारा लेकर तुलसी चौरे पर पैर रखकर खड़ी हो गयी। उस पार वह थी। धीरे से पूछा मैंने, क्या हुआ? क्या कर रही इतनी रात को? हाथ में क्या हुआ? सब ठीक हैं न? वह उठ आयी। लेकिन मुझ तक न पहुँच पायी। उसके हाथों में घाघरिया की जंजीर थी और घाघरिया पीलू, कालू और जैकी की हिफ़ाज़त में आराम से सो रही थी। जहाँ तक उसे इज़ाज़त मिली, वहाँ तक वह आगे सरक आयी, बोली–यह मेरी 'सारा' है। लोग घाघरिया कहते हैं। लेकिन इसका नाम 'सारा' है। लेटी-लेटी घाघरिया ने आँखें उठायीं और अनुमोदन के बाद पुनः वैसे ही मींच लिया। उसने बोलना चालू रखा–अभी तीन महीने की हो गयी है। मैंने इसको सारे इंजेक्शन समय पर लगवा दिये हैं। इसको खाने में बस दूध और बिस्कुट पसन्द है। रोटी तो कैसी भी दे दो खाती नहीं। मिस्सी रोटी का टुकड़ा चखेगी बस। हम रोज़ इसके लिए दूध का नीला पैकेट ख़रीदते हैं 21 रुपये वाला। बहुत ध्यान से रखते हैं। सुबह-शाम बाथरूम के लिए ले जाते हैं। मैं समझ गयी इसका बोलना रुकेगा नहीं, तो दख़ल देते हुए पूछा–तो अभी यहाँ क्यूँ हैं? इतनी रात गये? इतनी ठंड भी हैं? ओह! आपको पता नहीं, मेरी जिठानी अब यहाँ से चली गयी है। हमेशा के लिए। बहुत सुन्दर घर बनवाया है शहर में। बहुत आराम है। दरवाज़े से कोई झाँक भी नहीं सकता। उसका फोटो आ जाता है। आप कमरे से देख लो बैठे-बैठे कि कौन आया है गेट पर? मेरी पहरेदारी भी ख़ूब की उन्होंने। नौकरी करने तो जाओ, लेकिन और कहीं इधर-उधर जाओ मत। कहीं झाँको मत...मुझे ख़ूब मार खिलाती थी। अब जब उनके जाने का समय आया तब उन्होंने घाघरिया को एकदम खोल दिया। हम तो स्कूल गये हुए थे। इसको दूर जंगल में कहीं छोड़ आये थे। हम लौटे तो देखे बाप रे!, घाघरिया कहाँ है? वही तो एक मात्र मेरा हाल चाल पूछने वाली। हमारे आते ही पूँछ हिलाती, दौड़ती आ जाती थी, नाचने लगती थी एकदम ख़ुशी से। आपने इसका नाच देखा है?

दिखाऊँ घाघरिया ओ घाघरिया, नाच दिखा तो 'घाघरिया घूमो रे घाघरा...'' घाघरिया, मूड़ में नहीं। कूँ कूँ करके ज़मीन पर बिलाई तरह सरकी और आँखें मिचियाकर फिर पड़ गयी। मैंने कहा रहने दो! रहने दो! बाद में। उसने कहा–बाद में क्या? हम जब वापस आये तब उसी समय दौड़ के ऊपर गये घाघरिया कहाँ है? जिठानी जी ने बताया, 'हमने उसे छोड़ दिया है। उसे कहाँ लेकर जायेंगे नये घर में। नये डिजाइन के तालों वाला घर है। उसकी अब क्या ज़रूरत है? कहीं चली गयी होगी।' 'मेरा तो बहिन जी..., दिल एकदम धक्का!' चप्पल पहनकर निकल गये हम फिर, उसको पुकारते पुकारते...। उसकी बातें याद करते-करते, हम ख़ूब ढूँढ़े। सब हमको पागल बोलता है। 'बोलने दो। हमको नहीं मिली, कहाँ-कहाँ नहीं खोजे?' उसकी साँस फूलने लगी जैसे अभी ही जाने कहाँ-कहाँ से क्या-क्या खोजती आयी है? अचानक चिनकती आवाज़ में उसने कहा, जानती हैं, रात होते ही जाने कहाँ से धूल-मिट्टी भरी लौट आयी दरवाज़े पर। दरवाज़ा चाटे..., कूँ कूँ करे। भौंके–जैसे पुकारता है कोई। रो-रो के हमरा आँख लगा ही था कि माँ माँ पुकारे कोई जैसे। मैं दौड़ कर बाहर आयी। मुझसे सँभले नहीं, सामने रोती घाघरिया। दौड़ के कभी मेरा मुँह चाटे, कभी मेरे अँक में घुस जाये, मेरी टाँगों से लिपट जाये...ख़ूब तड़प-तड़प के जैसे कोई बिछड़ा आज मिला हो। मैं उसे अन्दर लेके आयी। उसका सँभाल कर रखा, पारले जी बिस्किट दिया, दूध दिया। तब यह शान्त हुई सुबह जिठानी ने इसे मेरे साथ देखा तो बहुत गालियाँ बकीं। मैं चुपचाप सुनती रही। उन्होंने मेरे हाथ से जंज़ीर छीनकर इसे फिर खोल दिया। खोलते ही यह भी भागी। एक बार पलट कर भी पीछे नहीं देखा कि इसके लिए मुझे कितना सुनना पड़ा। वह बोलती जा रही थी। कहीं कोई रुकावट नहीं। मैंने गौर किया, उसकी आवाज़ संयत थी। पहले वाली चिनचिनाहट नहीं थी। एक ठहराव था। जैसे एक सहेली अपनी सहेली से बतिया रही हो वैसी अन्तरंगता घुली थी। कितना वक़्त हो गया...मैंने

घड़ी पर नज़र डाली। तीन बजने को थे...ओह्। अब घर जाओ। फिर बातें करेंगे—मैंने धीमे से कहा। आने वाले कल की मसरूफियत मेरे सामने कौंध गयी। कल छात्र मतदान के बारे में महत्त्वपूर्ण मीटिंग है। निर्वाचन प्रक्रिया तय करनी है। उलझाऊ काम है। अब चलना चाहिए। प्रत्यक्ष में कहा—जाओ अब कल बात करेंगे। नहीं, नहीं। अब सुन लीजिए। घाघरिया को खींचती वह मेरी दीवार तक बढ़ी। मुझे उसकी इस मुद्रा से जाने क्यूँ भय लगा। रात की छिटकी चाँदनी में उसकी आँखें जंगल में चीते की चमकती आँखों की तरह लपलपा रही थीं। अपनी दीवार के अन्दर अपने पैरों को मैंने मज़बूती से थामा। घाघरिया गुर्रायी, उसने डाँटा। रुक दो मिनट! तेरे लिए रुकती हूँ या नहीं? घाघरिया मानो समझदार बिटिया। सिर नीचा किये आहिस्ते से पास आकर खड़ी हुई। उसके गले में बँधे सुनहरे नन्हे घुँघरू धीरे-धीरे हिल रहे थे और रात में बेख़बर सोये लोगों की नींद किसी अनजान दिगम्बर भय से चौंक जाती थी।

घाघरिया को डाँटकर उसकी आवाज़ फिर उसी लय पर आ गयी। सलीके भरी आवाज़ में कहा—हम तो घाघरिया को अपने दोस्तों से मिलाने लाये हैं। इन्हीं दोस्तों ने तो मेरी जान बचायी है। जम्हाई लेता मेरा मुँह चौंक कर बन्द हो गया। जान? तुम्हारी? क्या हुआ? काँपते पैरों को उस पतली किनारी वाले दीवार में मैं सँभाल न सकी। धम्म से वहीं, उसी पर बैठ गयी। अरे, मत पूछिए बहिन जी। घाघरिया जब जब घर से भागे तब-तब वह इन्हीं की सोहबत में रहे। रात को घर लौट आये तो ये तीनों भी साथ-साथ लौटे। घाघरिया को अन्दर करें, तब ये तीनों लौट जायें। घाघरिया को अन्दर ले लेना मेरी जिठानी को पसन्द नहीं पड़ा। वैसे भी उनका सामान समेटा जा चुका था। अगले दिन सुबह-सुबह उनको चले जाना था। हमने दिल में बहुत सोच लिया था कि घाघरिया को अब हम पाल लेंगे। उनसे ख़ूब विनती भी किया। किसी तरह ज़िन्दगी कट जाये।

वही मेरा अब बच्चा भर्तार सब है। लेकिन बहिन जी, उस रात जब घाघरिया आयी और गर्र-गर्र सुनकर हम गेट खोले ही थे कि ऊपर से मार डंडा फेंक कर हमको मारिस। ख़बरदार! घर में उसे घुसने दिया। डर तो हमें बहुत लगा, लेकिन अपने को किसी तरह बचाकर हम दरवाज़ा खोल ही दिये। स्त्री जाति बेचारी, कहाँ जायेगी? स्त्री जाति? कौन? अरे यही घाघरिया दीदी...नहीं समझती हैं? पूरा घर में, ख़ून टपकता रहता है दो दिन...अभी शुरू हुआ है। ऐसे में कैसे छोड़ दें बाहर बेचारी को? बातों के दरम्यान जाने कब किस सिस्टरहुड में मैं दीदी हो आयी—मालूम न चला। वह बोल रही थी—जैसे ही हम दरवाज़ा खोले ऊ तो नीचे आकर मेरा झोंटा पकड़ कर मुझे दीवार में पटक दिया कसके। दीदी, हम तो बेहोश हो गये। आँख के आगे सितारा नाचने लगा, तभी गिरते-गिरते देखा कि घाघरिया और उसका ई तीनों दोस्त हमरी जिठानी और उसके मरद के ऊपर चढ़कर जो चिथड़ा किया वे सब बाप-बाप चिल्लाते ऊपर भागे। हमको कुच्छो होश नहीं। वैसे ही अँगना में पड़े रहे। जब बाद में थोड़ा गर्म-गर्म लगा, तो आँख खोलके देखा हमारे आसपास चिपकी घाघरिया हमको गर्मी पहुँचा रही है और घेर कर ई तीनों बैठा है। किसी तरह हम उठे और अन्दर जाके सो गये। गेट भी बन्द नहीं किया। भोर होने पर वे लोग अपने आप चले गये। अब कोई दिक्कत नहीं है। घाघरिया घर में रहती है। बिस्कुट चाय खाती है। प्रेम से रहती है। इसको बाँध कर स्कूल जाते हैं। रात को यहाँ आते हैं। इनको दोस्तों सबसे मिलवा कर ले जाते हैं। जीव को जीव चाहिए होता है। दीदी अकेले छोड़ नहीं सकते—जवान जहान बिटिया की माँ जैसी आवाज़ ने मुझसे कहा। दिन में सब डरता है। चिल्लाता है, तो इस समय जब सब सो जाते हैं, ले आते हैं।

घाघरिया बार-बार गर्दन घुमा रही थी, मानो अब हो गया मिलन, अब घर जाने की जल्दी हो। उसके दोस्त सब मेरी कार के नीचे पनाह

पा चुके थे। तड़ातड़ चलती जबान को अब रोक देने के ख़याल से मैंने कहा–डर नहीं लगता तुम्हें, इतनी रात में अकेले? वह खिलखिला कर हंसी, जैसे मन-प्राण से निकली हो यह हँसी। डर? ना दीदिया...इतना जो डरती रही, मार खाती रही बरसों। अब तो यमदूत भी होगा तो घाघरिया और उसके दोस्त मेरी रक्षा कर लेंगे। इनके रहते अब कोई डर किसी से नहीं। अब वह हरामी भी आये, रात भर मेरी बोटी चबाता था। इतनी जगह उन दुष्टों ने काटा इसने कि क्या बताऊँ...ज़िन्दगी भर सुइयाँ लेंगे हरामजादे... उसकी आँखों में एकसाथ कई ट्यूबलाइटें की चमक लहक आयी। दूर जंगल के पार एक रेलगाड़ी चली आ रही थी। अँधेरी रात बीत चुकी थी। घड़ी देखी सुबह के पाँच बज रहे थे। रेल के कई डिब्बे सुरमई भोर से छिटके पड़े थे। अन्दर अभी भी अँधेरा था, लेकिन बाहर का सबेरा खुलकर मुस्कुरा रहा था। रेल ने हम दोनों को साथ देखा, मद्धिम हुई, मुस्कराई, कूक मारी और आगे बढ़ गयी। मैंने कहा उससे-जाओ सो जाओ। सुबह स्कूल जाना है ना? जी दीदी। आज्ञाकारी मुनिया की तरह उसने कहा। मैंने अपने पैर सिकोड़े और धप्प से तुलसी चौरे से कूद अपनी सीढ़ियाँ चढ़ती चली आयी।

यह जगु काँचो काँच सो

अरे वाह! नयी किताब! उपन्यास?

गुलाबी रैपरों से सजी एक नयी किताब मेरी गोद में धप्प से डालती किलक भरी आवाज़ में हेमा दी ने कहा—'ले पढ़! तून ही यह शौक़ गायत्री को लगाया है। पढ़ने-लिखने की ऐसी लगन लगायी कि दूर देश चली गयी वह। पब्लिशिंग कोर्स करेगी। किताबें लिखेगी, छापेगी।' मुझसे बड़ी बहन-सा बेइन्तिहा मोहब्बत करने वाली शिक्षिका दोस्त की आवाज़ में नटखट शिकायत भरी थी—'केवल एक कॉपी भेजी है, उसकी माँ तो मानो पढ़ना-लिखना जानती ही नहीं सच है, सायकोलॉजी की विद्यार्थी भले वह हो, असली वशीकरण तो तू जानती है।'

हँस पड़ी मैं।

उनकी झल्लाहट दूर ठेलती ख़ुशी से चहक उठी–'वाह! गायत्री का उपन्यास? इतनी जल्दी छप कर आ भी गया?'

बेटी की कामयाबी की ख़ुशी कंठ में दबाती भीगी आवाज़ में उन्होंने कहा–'हाँ, अपने इंटर्नशिप के लिए लिखा है यह उपन्यास। उसी के बॉस ने छापी भी है।'

मैंने पन्ना पलटा—

यह जगु, काँचो काँच सो
मैं समझयो निरधार
प्रतिबिम्बित लखियै जहाँ,
एकै रूप अपार।

अर्थात् प्रेम के कुसुमल रंग।

लेकिन काँच की चुभती किरचें भी? ग़ज़ब!

किताब के पिछले पृष्ठ पर डॉ. गायत्री का प्यारी फोटो। निर्मल, सफ़ेद गोटियों जैसी वही आँखें। बिल्कुल वही आँखें थीं उस प्यारी बच्ची कन्नू की भी, जो सालों पहले बिछड़ गयी थी मुझसे। अनमन वही। कन्नू ही लगी थी, तब यह गायत्री मुझे। मैंने अपनी कन्नू की कमी को गायत्री से पूरने की कोशिश की थी। वही नेह आन पड़ा था। गायत्री की झोली में जो मेरे सामने वाले क्वार्टर में मेरे ही स्कूल में साथ पढ़ाने वाली हेमा दी की इकलौती बेटी थी। जाने कन्नू अब कहाँ थी? कोई अता-पता न था, लेकिन वे भोली-भाली चकित गोटियों-सी उसकी सफ़ेद वे आँखें अभी तक मुझे अपनी देह में गड़ी मालूम होतीं।

वह 'गुरुजी' की बेटी थी। गाँव से महानगर पढ़ने आयी, तो मेरी आँखें भी जाने कैसी रही होंगी, जिनमें अपनों से बहुत दूर, माँ के ममत्व की जुदाई, रुलाई की तड़प भरी थी कि मेरे 'गुरुजी' मात्र मेरे अध्यापक नहीं गार्डियन भी बने। माँ के मायके होने के कारण वे विश्वसनीय थे, उन्हीं के भरोसे पिता छोड़ आये थे, सर्द, बेजान, भावहीन दुनिया में मुझे अकेले पढ़ने। बी.ए. कर चुकी थी और बी.एड. करने शहर आयी थी। मुझे जिद्द थी अपने पैरों पर खड़े होने की और दुनियादार अभिभावक जानते थे, इससे वर मिलने में आसानी होगी।

'गुरुजी' को देखते ही माँ की हिदायत भूल गयी कि उन्हें 'मामाजी' कहकर पुकारना है। ख़ूब ठसक वाले, कड़क सफ़ेद कुरते-पाजामे में छह फुट लम्बे मामाजी, माथे पर भगवती का लाल टीका, काले फ्रेम का चश्मा, एक हाथ में चमड़े का बैग लिये रहते। लोग इन्हें 'कड़क मास्साब' बुलाते। जाने कब जरा-सी बात पर किसी को बर्खास्त ही न कर दें। चमड़े की काली सैंडिल उनकी साँय-साँय बजती। माँ ही बताती थी कि पता नहीं अपने ससुर की कही कौन-सी बात पर उखड़ गये कि चमड़े की काली चप्पलें उतार ली थी हाथों में। वह तो बहुत बीच-बचाव हुआ तब भी मामी और नवजात बच्ची को छोड़कर जो शहर को ओर

गये तो फिर उनकी तरह-तरह की ख़बरें ही गाँव आतीं। प्रतिष्ठा बढ़ने की भी, घटने की भी। गाँववालों को शहरी कामकाज के लिए उनकी ज़रूरत पड़ती रहती थी, फिर अफवाहें तो बड़े लोगों के परछन्ना के साथ बँधी होती है, कौन बोले?

पिता संग जब पहुँची थी, तब सबके हालचाल पूछ रहे थे 'गुरुजी'। उत्साहित होकर बिना पूछे पिता ने बताने की चेष्टा की, उनकी नवजात कन्या अब बड़ी हो गयी है। धेला भर पढ़ना-लिखना नहीं जानती। सारे दिन उपद्रव, इतने बड़े क़ाबिल मास्साब की बिटिया, ऐसी नाकारा...।

'चाय पीओ और जाओ। तुम्हारी बिटिया के कमरे का प्रबन्ध कर दिया गया है। दो वर्ष का कोर्स है, तुम लोग को मालूम है ना?' अन्दर जाती खड़ाऊँ की खट-खट आवाज से पिता एकदम चुप हो आये। उनकी दृष्टि मुझ पर पड़ी। मेरा सारा तनाव, बैठकी से आती तरल तरन्नुम के साथ बहता जाता था—

हमसे जो छूट गये हैं, अब वो शहर कैसे हैं
शाखे गुल कैसे हैं, ख़ुशबू के नगर कैसे हैं।

मैं समझ गयी, हृदय चोट खाया मात्र है, मर नहीं गया है।

सही समझी थी मैं। साल भर बीतते-न-बीतते एक शाम बुलवा भेजा मुझे। मैं कभी उन्हें 'मामाजी' सम्बोधित नहीं कर सकी। सभी विद्यार्थियों की तरह 'गुरुजी' ही बुलाती। लेकिन उनका विश्वास था अपनों पर, बुलाया मुझे। आज वे अपनी बेटी को मानो मेरे हवाले कर रहे थे—

'देखो जरा इसको। रात ही गाँव से आयी है। जाने किस मुखबिरी के लिये आयी है? क्या जानना चाहती है? ले जाओ इसे, कुछ उगलवाओ इससे। पहले तो ढंग से कुछ कपड़े-लत्ते पहनना सीखे और फ़ोन पकड़ना, बोलना तो सीखे। तुम सँभालों ये सब।'

खड़ाऊँ की खटखट और सिगरेट की महक के लुप्त होते ही घर की देखभाल और खाना बनाने वाली कामिनी दी दौड़ी आयीं। निकट ही बनी सीढ़ियों से ऊपर चढ़कर कोने में उनका सर्वेंट कमरा है।

उन्होंने कहा-'देखो ना, कुछ नहीं खाया है इसने, जबसे आयी है। न अन्दर चलती है। रात से यहीं गठरी बनी बैठी है।'

फिर उन्होंने उसके सिर को थपथपाते हुए कहा—'यह दीदी तुम्हारे गाँव की है। तुम्हारी माँ भी इनको जानती हैं।'

गाँव... माँ... शब्द सुनते ही उस गठरी में तनिक हलचल हुई। घुटनों में धँसा सिर ऊपर को उठा और वही सफ़ेद गोटियों-सी आँखें... भयातुर। जाने कैसे हृदय से वात्सल्य की तलैया बह निकली कि हाथ की किताबें वहीं पटक मैंने उसे दोनों हाथों से घेर कलेजे से लगा लिया। नन्ही धड़कनें! धक्क-धक्क...धक्क-धक्क! जैसे बैटरी से चल रही हो खिलौने वाली रेलगाड़ी। दुख पहचानने में पारंगत कामिनी दी दौड़कर काँसे की चमचमाती थाली में रोटी, सब्ज़ी और अचार की फाँक सजा लायीं। नन्हे होंठों से वह उन्हें कुतर रही थी और छह नयन बरबस बरस रहे थे–झमाझम!

हमारे स्कूल के अहाते में ही 10-12 कमरे पंक्तिबद्ध थे। सामने बरामदा था और फिर नहाने-धोने के कमरे। दूर-दराज़ की लड़कियाँ बी.एड. करने आतीं, तो इनमें रहतीं। 10 से दो बजे तक क्लासें चलतीं। मेरे कमरे की एक चाबी अब 'कन्नू' के पास होती। सवेरे पौने 10 बजे तक वह आ जाती। थोड़ा-बहुत मुझसे पढ़-लिख लेती। गणित और अंग्रेज़ी के कुछ होमवर्क देकर मैं अपनी क्लास चली जाती। लौटती तो अस्त-व्यस्त कमरा सुघड़ा मिलता। अपना पाठ सुनाकर फिर वह घर चली जाती। कभी-कभी मासिक हाट में उसके पिता से पूछकर उसे ले जाती और सस्ते फैशनबुल कपड़े लिया देती, जिसे वह इतनी ख़ुश होकर तुरन्त पहनती कि उसे टोकना पड़ता, अरी ओ पगलिया! इस तरह पूरे कपड़े नहीं उतारते किसी के सामने। फिर तो धीरे-धीरे सब सीखती गयी वह। कुछ ही महीनों में चिड़िया की भाँति चोंच खोले, चीं-चीं शोर मचा वह अपने जीवन के सुलझे-अनसुलझे सारे क़िस्से सुनाती। उसकी जिज्ञासाएँ तो अनन्त थीं–

– क्या उसकी माँ को वह बुलवा ले चुपचाप? मेरे कमरे में छिपा दे, ताकि मैं उन्हें भी सुन्दर कपड़े पहनना सिखा दूँ? यस-नो-थैंक्स... अंकल... आंटी बोलना सिखा दूँ? फिर तो बाउजी उन्हें देख धड़ाम से पृथ्वी पर गिर जायेंगे। उन्हें वे ज़रूर यहीं रख लेंगे फिर हमेशा के लिए।
– कामिनी आंटी बाउजी की इतनी बड़ी चमची क्यों हैं? बाउजी गाली देते हैं, वह और हँसती है। बोलती हैं, इससे आदमी का प्यार और अधिकार झलकता है।
– कामिनी आंटी के बच्चे बाउजी से इतनी नफ़रत क्यों करते हैं? एक तो कहता है, मैं बड़ा होकर तेरे इस पिता को मार डालूँगा।
– कामिनी आंटी साफ तो नहीं बतातीं, लेकिन इशारे से बताती हैं कि कोई चुडैल है, जिसने बाउजी पर जादू कर रखा है। इसी से सब कुछ बिगड़ गया है। जब वह आती है, फिर कोई नहीं आता। कौन है दीदी, वह काली खोह की डायन? कहाँ रहती है? क्या उसके पैर उल्टे हैं? खोपड़ी गंजी है? आपने देखा है उसे कभी?

मैं भला क्या बताती है? हँसकर उसे गले से लगा लेती।

कामिनी दी के दोनों बेटे बलराम और घनश्याम भी सदा उसके साथ लगे रहते। कभी वह नहीं आ पाती, तो क्लास से लौटते वक़्त मैं मिलने चली जाती, यह जमाना टी.वी. का तो था, मोबाइल का न था। बड़े घरों में बड़े तार वाले टेलीफ़ोन अवश्य होते थे। तीनों बच्चों में घनिष्ठता थी। कभी जो मैं जा पहुँचती तो तीनों ऊधम मचाते मिलते। टी.वी. फुल वैल्यूम, गद्देदार स्प्रिंग वाले सोफ़ों पर उछल-कूद, बढ़िया सजी ट्रे में बिस्किट चाय, मजे उड़ाते, क्रिकेट मैच तो कभी एक्शन मूवी देखते मिलते। पहले तो घंटी की आवाज़ सुन जो अफ़रातफ़री मचती, फिर मुझे देखते ही शीशे की दीवार पर जमी नन्ही आँखों में टॉर्च बत्तियाँ जल उठतीं। ख़ुशी से चहक उठते वे तीनों, छोटा घनश्याम तोतला था, तुतलाते हुए वह कहता–'अल्ले। हम कह कर रहे थे तीती है तीती है।'

फिर वह अपनी टाँगों को अजीब से मोड़ता, हाथ नचा-नचा गाता–'ओ मेली भोजी तीती...झतपत नैया पाल लगा दे...प्याली प्याली तीती।'

हँसते-हँसते दम निकलने को होता कि बड़ा भाई कलेजे पर दोहत्थड़ मारता, एक हाथ से अपनी हाफ पैंट ऊपर खिसकाता, किनारे रखी 'गुरुजी' की तस्वीर उठाता और अदाओं से कहता–

किसकी है यह तस्वीर जो बनती नहीं मुझसे
मैं किसका तकाजा हूँ, जो पूरा नहीं होता।

लड़की कहाँ चुप रहने वाली? अटक-अटक कर रटा हुआ शेर दोहराती-

छोटी-सी बात पर ख़ुश होना मुझे आता था
पर बड़ी बात पर चुप रहना तुम्हीं से सीखा।

दबी, सहमी चुपीली लड़की अपनी चपल आवाज़ में इन दोनों लड़की को अपनी बात से मात देने की पुरजोर कोशिश करती। वे दोनों भी सब समझते-बूझते भी गच्चा खाकर धराशायी होने का अभिनय करते न्योछावर नज़रों से उन गोटियों-सी आँखों की नयी चमक को चमत्कृत हो हेरते। सच में जिनमें अब शोख़ियों और शरारतों की नित नयी फ़सल झूमती दिखायी देती। लहलहाती यह फ़सल विपत्ति के वज्रप्रहार से इतनी जल्दी नष्ट हो जायेगी–यह किसे पता था?

उस दिन रोती हुई आयी थी वह। दीदी, एक चुड़ैल आयी है। काली खोह की डायन। तंग कर रखा है मुझे—

'इतना चपड़-चपड़ बोलती क्यों हो?'
'पढ़ने-लिखने की क्या ज़रूरत?'
'नौकरों के बच्चों से क्यों खेलती हो?'
'घर वापस नहीं जाना क्या?'
'कब का टिकट करा दें?'

रो रही थी 'कन्नू', 'दीदी, मुझे नहीं जाना है वहाँ। रोक लो मुझे। आपको छोड़कर, कामिनी आंटी को...बलराम को छोड़कर...'

'अच्छा, अच्छा रो मत। मैंने गले से लगाया। सिर थपथपाया उसका। बाऊजी से कहना, ये सब समझेंगे।'

गल जाये जुबान जैसे, वैसी भीगी आवाज में उसने कहा–'मुझे तो लगता है, ज़िन्दा निगल जायेगी वह मुझे। आप बोलना दी... यदि वे समझने लायक ही होते...'

अरे नहीं। चिन्ता मत कर। समझा-बुझा कर किसी तरह ठेल-ठाल कर उसे वापस भेजा। शाम को सब्ज़ियों से भरा थैला लिये झपटती, हाँफती, कामिनी दी हाट में दिखी तो टोक दिया मैंने–'कौन आयी हैं? बच्ची इतनी घबड़ायी हुई क्यों हैं?'

उनकी छोटी आँखें पहले तो इधर-उधर अजीब निगरानी में सिकुड़ी फिर दबे स्वर में उन्होंने कहा–'कभी-कभी आती है। जाने क्यों 'मास्साब' बहुत दबते हैं। उनको समझना चाहिए न? मेरा क्या, हम तो चाकर, जैसे इस्तेमाल कर लो।

भारी झोले के कारण एक ओर झुकती, टखनों को मोड़ती वे आगे बढ़ गयी, लेकिन अपनत्व की आँच में मानो लहका कर उन्हें फिर मेरी तरफ़ मोड़ दिया। आँखें बुरी तरह टभ-टभ लाल रक्तिम, होंठों पर कड़वा नीम–

'जानती हैं, जो प्यार जान कर भी नहीं समझता, वह जन्म भर घोर पातक सहता है। जीते-जी नरक में जलता है। देखना एक दिन...'

अरे? अब इन्हें क्या हुआ है? कैसा टहटहाता ज़ख़्म लिये घूम रही हैं? जाने क्या हुआ है इस घर में? सब जैसे लहूलुहान हैं। आँसू नहीं है मानो लहू है। कलेजे से निचुड़ कर नैनों में आ समाया है।

उस दिन उसकी भी भयानक लाल थीं, दो गोटियों वाली आँखें। वही था, कलेजे वाला ख़ून। बल-बल बहता...धक् धक् धसकता।

जा रही थी वह अपने गाँव वापस। 'गुरुजी' ने बताया मुझे। वे बार-बार चश्मे को उतारते, कुरते के किनारे से पोंछते। काँच के अनजान टुकड़े मानो आन चुभे थे आँखों में। टभ टभ लाल आँखें–'यह जगु काँचो काँच सो।'

बताया, ट्रेन लेट है। अभी दो घंटे शेष हैं। मिलना जो चाहो तो...

'अरे?'

हैरत और दुख से भर उठा मन–'बिना मिले जा रही है अभागी?'

दौड़ पड़ी स्टेशन को।

काँच की किरचें उतर आयी थीं मेरी भी आँखों में कि बहुत नज़दीक जाने पर देख सकी, लाल नया सूट पहने वह चहक रही थी। कामिनी दी के दोनों बच्चे पहरुये की तरह घेर रखे हैं और वह, मानो दुल्हनिया पिया संग डोलती जाती हो नैहर। वे बच्चे ही उसे पहुँचाने नियुक्त किये गये थे। एक तो तब भी गठीले बदन का, ठिगने क़द का, घुँघराले बालों वाल नौजवान। दूसरा तोतला बारह-तेरह बरस का छोटा बच्चा ही था। तीनों एक दूसरे का हाथ थामे जाने क्या कह-सुनकर खिलखिला रहे थे कि मुझे देखते ही उसने हाथ छुड़ाया, आ लिपटी मुझसे–

'जा रहे हैं दीदी। रात को अचानक टिकट लाकर दिया। कल जाना है। सुबह से ही ठेल दिये गये हैं। यहाँ पता चला, ट्रेन बहुत लेट है। बस आपसे मिल लेती, यही मन में था।'

होंठों पे हँसी, आँखों में नमी।

मैं भले उससे कुछ साल अधिक बड़ी थी जाने कैसे ममत्व से भर गयी पूछा– 'कुछ खाया?'

उसने बड़े प्यार से चमकी में लपेटा बंडल दिखाया। हाँ, दीदी, कामिनी आँटी ने जर्बदस्ती खिला दिया और देखो इतना भारी बंडल भी साथ बाँध दिया। दूर से चिंघाड़ती ट्रेन पटरियों की कराह को रौंदती, दनदनाती आ पहुँची। भयानक काले इंजन के पीछे अनुशासित डिब्बे कतार बना कर खड़े हो गये। थोड़े से चिप्स पैकेट, केक-बिस्किट यहीं से ख़रीद उसके झोले में डाला कि अभी खिलखिलाती लड़की अभी बुक्का फाड़ रो पड़ी। कलेजे से जो लगाना चाहा कि पैरों को छू लिया उसने–'दी, चलते हैं, अपना ध्यान रखना। हो सका तो चिट्ठी लिखेंगे।' फिर अपनी ही हरकत पर शर्माती, आँखों को कोहनियों से पोंछती लजीली मुस्कान से बोली–'ऐ, तुम मेरी चिट्ठी दीदी को दे दिया करोगे न?'

सुनते ही छोटा तोतला रो में आ गया और अपनी उसी विचित्र भंगिमा के साथ उँगलियों से थाप देता गा उठा–

'ओ मेली भोली तीती...चिट्ठी भेज के आग लगा दे...सबको जला दे सुन्दर तीती।' सबके होंठों पर मुस्कान आ गयी।

बड़े लड़के ने पूरे हौसले के साथ उसकी बाँह थामी और कहा–'हाँ, हाँ अब चलो, ट्रेन छूट गयी तो पैदल जाना पड़ेगा तुम्हारे गाँव तक...।'

ठिठोली करते, गुदगुदाते तीनों बच्चे ट्रेन से हुलक-हुलक झाँकते रहे। उधर, स्टेशन से दूर जाती थी ट्रेन, इधर डूबता-उतराता था मेरा मन– 'ख़ुश रह, तू ख़ुश रह। जहाँ रहे, आबाद रह।'

फिर कई मौसम बदले। उसकी कोई चिट्ठी कभी नहीं आयी। पाँच-छह साल बीत गये। बी.एड. करते ही मेरा विवाह चिरन्तन से हुआ और नन्ही बच्ची 'रूना' को गोद में लिये एक छोटे क़स्बे में नौकरी के लिये सरकारी क्वार्टर में आ गयी। एकाध बार कभी 'गुरुजी' से हिम्मत करके पूछा जब मार्कशीट लेने गयी थी, तो जवाब मिला पढ़ना नहीं छोड़ा है उसने। कामिनी दी कैसी है? पूछने पर उत्तर आया–'क्या पता, अब वह यहाँ काम नहीं करती है।' आवाज़ थी या टभ-टभ टभकता वही ज़ख़्म, जो उस दिन बोझ से दुहरी होती कामिनी दी की ज़बान पर था। हुँह... इन्हें कैसा बोझ... क्योंकर होगा बोझ... सबसे फारिग होकर रहने वाले जीव।

चिरन्तन की नौकरी दूर थी। मेरे सामने के क्वार्टर में हेमा मैडम न होती तो जाने उस बियाबान में कैसे मैं बेटी का पालन-पोषण कर पाती। मेरी 'छोटी' उन लोगों का खिलौना हो गयी थी और उनकी युवा होती लजीली बेटी गायत्री के सफ़ेद नन्ही गोटियों-सी आँखों में मुझे खो गयी मेरी 'कन्नू' की छवि मिल गयी थी। मैंने उसे गले से लगा लिया। यह भी ठीक वैसे ही धड़कती थी... धक्क-धक्क... धक्क-धक्क जैसे बैटरी से चल रही हो खिलौने वाली रेलगाड़ी। वही गायत्री अब इतनी बड़ी हो आयी है कि उसने उपन्यास लिखा है। उत्सुकता से भर मैंने पन्ने पलटे–

'यह जगु काँचो काँ सो...।'

'सत्य घटना पर आधारित उपन्यास।'

आगे पढ़ती गयी। उफ़्फ़... भयानक... वीभत्स... कुत्सित... छी:।

यह कैसी कहानी लिखी है गायत्री ने? इंटर्नशिप के लिए जल्दबाजी में भी लिखा तो भी भारतीय मूल्यों की कोई कहानी याद न आयी उसे? विदेश जाकर अपने मूल्य, संस्कार को भूल गयी लड़की? शुक्र है भारत में ऐसे हिंसात्मक खेल, यातनापूर्ण प्रेम, दरिन्दगी को प्यार का नाम देने वाली मानसिकता नहीं है। शादी के बाद चिरन्तन के साथ एकाध हॉलीवुड मूवी देखी थी... छी:! नग्नता, वासना, प्रतिशोध, प्लेजर के अलग डार्क कॉन्सेप्ट...। भला यह क्या बात... कुर्सी से बाँध कर वह बूढ़ा? क्या उसने उस स्त्री के मान-अपमान की ज़रा भी नहीं सोची होगी? वह निर्वस्त्र स्त्री? गुलामी का आनन्द? फेंक दूँ ऐसी किताब... बर्दाश्त नहीं ये सब... कि अटक गयी मैं। अगले ही वाक्य पर अटक गयी मैं। यह सब देख रहा एक युवा होता बेटा। उस स्त्री का बेटा।

माँ के बिना आधी रात को विकल हो उसे तलाशने नीचे सीढ़ियों से उतर आया बच्चा। सीत्कारों, चीत्कारों को सुन अँधेरी सीढ़ियों के नीचे टेबल पर चढ़कर रोशनदान में झाँकता बच्चा, उसका युवा होता बच्चा। मैं पढ़ नहीं पायी आगे। परे फेंक दिया किताब को। हिंसक और अपराधी बनाने वाला विदेशी समाज। जाने बच्चों की फ़िक्र क्यों नहीं उनको? बच्चे क्या देखते, सुनते, सीखते हैं, है जरा-सी भी परवाह है उन्हें? छी:!

गायत्री ने कैसे लिखी होगी जाने... क्या क्या देखा–जाना होगा उस बड़ी होती बच्ची ने वहाँ की आबोहवा में? यह अच्छा है कि कोर्स पूरा हो चला है, आ भी रही है अगले महीने। हेमा दी ने परसों ही चर्चा की थी कि अगले महीने गायत्री लौट रही है। उसके साथ उसके पब्लिशिंग हाउस का बॉस भी आ रहा था। स्वर में चिन्ता थी कुछ बात न हो आपस में उनके। विदेशी माहौल। वे अशान्त थीं। बात समझकर मैं चुप हो आयी। फिर ढाँढस बँधाते हुए कहा, घबड़ाओ मत दी। बच्ची को आ जाने तो दो। वह इतनी समझदार है। दो सालों से अकेली विदेश में है। बेवकूफ़ी करनी होती तो उसे लेकर क्यों लौटती? फिर जब उसने ऐसा कोई संकेत नहीं दिया तो क्यों घबड़ा रही हो अभी से? तब-की-तब देखेंगे।

मेरी बातों से हेमा दी कुछ आश्वस्त दिखीं। मातृत्व कितना कमज़ोर कर देता है न? ऐसी-ऐसी दुश्चिन्ताएँ घेरती हैं कि बस पूछो मत। इसी हेमा दी ने कई बार समय पर मूल्यवान सलाहें दी थीं। ऐसा ही एक वक़्त आया था, तब मुझ पर, जब मेरी 'कन्नू' लौटी थी मेरे पास। पाँच सालों के बाद वह आयी थी, एकदम अचानक। अब तक तो न एक चिट्‌ठी थी, न कोई सन्देश।

हमें जो सरकारी क्वार्टर एलॉट हुए थे वे प्राय: पंक्तिबद्ध थे। दो घरों की संयुक्त सीढ़ी और संयुक्त छत। आगे थे बग़ीचे, बड़े-बड़े पेड़ों से घिरे। अशोक, नीम, अमरूद, आँवले। आँवले का पेड़ तो द्वार के इतना सामने था कि सर्दीली सुबह में किरणों के चमकने से ख़ूब ख़ुश नन्हे आँवले पट-पट गिरते, दरवाज़े को ठोकर मारते, मानो अतिथि आ गये हों और दरवाज़े को खोलने की गुहार मचा रहे हों। वह सुबह भी ऐसी ही थी, लेकिन जब सच में हेमा दी की गुहान कानों में पड़ी कि अरी उठ, दरवाज़ा तो खोल। देख कुछ मेहमान पता पूछ रहे हैं। मैं रजाई किनारे फेंकती धड़ाधड़ उठ आयी थी। जब तक शॉल से काँपते बदन को ढँकती दरवाज़ा खोल झाँकती, मेरी 'कन्नू' जकड़ गयी मुझसे-दीदी!!

...'अरे तू? कहाँ से रे? भूल गयी मुझे न।'

...'नहीं दी। यह कैसी बात? तुम से ही तो जीवन को दिशा मिली है। तुम्हें कैसे भूल सकती हूँ? पनाह तो तुम्हारे पास ही मिलेगी मुझे।'

हँस पड़ी मैं 'अरे, अरे, बड़ी, बड़ी बातें करना सीख गयी है मेरी कन्नू!'

फिर हेमा दी को बताया मैंने, 'मैम! यही तो मेरी 'कन्नू' है। लेकिन यह पुरानी कन्नू न थी। ख़ूब सुन्दर हो आयी थी। कटे बाल, गदराये बदन पर सलीके से बँधी साड़ी, चेहरे पर यात्रा की थकान से कुम्हलाया साँवला रंग। मैं नेह से भर उठी और माथा चूम लिया उसका।

'ऐ, देखो, खोज लिया न दी को।' कहती वह जब साथ आये मानुस को दिप दिप देखने लगी तो मेरी नजर भी उस पर पड़ी। ख़ाकी निबकर के बदले ब्लू डेनिम जींस, काली टी-शर्ट, हर समय तेल से चुपड़े बाल शैंपू की गमक और लहक के साथ बार-बार उसके चेहरे पर गिरे जा रहे थे।

पहचानते ही चिहुंक गयी–'अरे बलराम तुम? कैसा है रे? माँ कैसी हैं? कहाँ है अभी सब? कहाँ से आये, कैसे खोज लिया इत्ते दिनों बाद? रुको चाय बनाती हूँ पहले।' इतना कहा भर था कि देखा सामने से तैयार चाय भरी केतली और प्लेट में बिस्किट, नमकीन लिये हेमा दी चली आयी हैं। मैंने औपचारिक परिचय कराया अब 'दी यही है वह मेरी छुटकी, छूटी हुई 'कन्नू', जिसे गायत्री में ढूँढ़ा करती थी मैं।'

'बाथरूम किधर है दीदी?'–'पूछती वह अन्दर को बढ़ी और मुझे किचन में देख फिर वहीं चली आयी। स्थिर होकर मैंने पूछा–'कब आयी तू? कहाँ है आजकल? क्या कर रही है? उसने बताया, बी.ए. कर लिया है। सोलापुर से नर्सिंग ट्रेनिंग कर रही हूँ। फर्स्ट इयर हैं।'

'बाऊजी कैसे हैं?'–पूछने पर बताया कि 'बाऊजी रिटायर होकर गाँव चले गये थे। वहाँ बुरी तरह पैरालाइटिक अटैक हुआ। माँ ही सेवा करती हैं।' फिर कहा, 'दीदी, तुम खाना-वाना मत बनाना। ऐक्चुली मुझे आपकी मदद चाहिए।' 'हाँ, बोल ना?' मेरे मन में तुरन्त कपड़े वाली अल्मारी के कोने में इमरजेंसी के लिए छिपाये अपने कैश रुपये का ध्यान आ गया। कोई बात नहीं। फीस के लिए चाहिए होगी रक़म तो मैं ज़रूर करूँगी। जितना हो सके। मेरी छोटी 'रुना' तो बाद में पैदा हुई, वात्सल्य से परिचय इसी ने कराया था मेरा। पहली माँ तो इसी की हुई मैं। मैंने उत्साह से पूछा, 'चिन्ता मत कर! कितने चाहिए, बता? बता न, जो होगा, करूँगी, भरोसा रख।' विश्वास भरी इस उछाह को वह उन्हीं आँखों से देखती रही जैसे पहली बार घुटनों से चेहरा उठाकर सफ़ेद गोटियों वाली आँखों से मुझे देखा था। फिर आहिस्ते से बोली–

'मेरा ब्याह करा दो इसके साथ।'

'क्या ऽऽऽ? ब्याह? मतलब?'

'मतलब, बलराम के साथ। आज ही, चाहे कैसे भी। आज ही, चाहे जैसे भी।'

मेरा सिर चकरा गया। यह क्या कह रही है? मैं? कैसे? हूँ कौन मैं? और साथ किसके? इसके साथ? मतलब? तब तक मैंने देखा, हेमा जी

भी किचन के द्वार पर आ खड़ी हैं। भौंचक-सी। सब सुनती वह अनुभवी, बड़ी बहन-सी मेरी पड़ोसन दोस्त नकार में हौले-हौले सिर हिला रही हैं। मेरे सामने पूरा किचन गोल-गोल घूम रहा था। सारे चाव, उत्साह ठंडे पड़ गये थे। अजीब बदहवासी तारी हो गयी। प्रत्यक्ष में बस इतना कहा, 'चल तू बैठ, चाय पी। मैं अभी आती हूँ।' हेमा दी को देखकर वह भी तेज़ी से बाहर कमरे की ओर लपकी। हेमा जी तत्काल मेरे बहुत क़रीब आकर बोलीं–

'मैं ज़्यादा कुछ नहीं जानती। लेकिन तुम भूल के भी इस पचड़े में फिलहाल मत पड़ो। उन्हें विदा करो। उनके माता-पिता के जीवित रहते यह ठीक नहीं है।'

'लेकिन, लेकिन दी, वह मेरे पास मदद की आस लिये आयी है। मैं कैसे...क्या कहूँ?'

उन्होंने कहा–'मैंने उस लड़के से बात की है और वह मुझे ठीक नहीं लगा।' दरवाज़े पर पुन: 'कन्नू' को आया देख ये चुप हो गयीं। हम तीनों धीमे क़दमों से कमरे में आये। बलराम तो बड़े आराम से सिप लेता हुआ चाय पी रहा था। चाय पीते हुए ही उसने मेरी तरफ़ ताक़ा और फिर 'कन्नू' की तरफ़। 'कन्नू' ने बिना चाय पीये बैग उठाया और उससे कहा, 'चलो यहाँ से।'

'अरे...रुक न! ऐसी क्या जल्दी है? खाना बनाती हूँ, खाकर जाना'– जब तक मैं पीछे भागती, उसने तो बैग उठाया और बाहर निकल गयी। मैं अवाक्। देखा वह लड़का भी फटाफट जूते पहन उसके साथ निकल पड़ा है। न तो कोई विदा! न ही अलविदा!

सारा दिन फिर मेरा ऐसा गुज़रा मानो कोई भूचाल आकर गुज़र गया हो। जाने क्या-क्या सोच रहा था दिमाग़। इस कमरे से उस कमरे में बिना वजह चक्कर लगाती सोच रही थी, ठीक से देखा तक भी नहीं बच्ची को। उन आँखों को, जो अब सफ़ेद गोटियों-सी नहीं रह गयी थीं, ताजे मटर की छीमियों जैसी हरे सपनों से भरी हुई थीं। अपनी बच्ची बोला था इसे और मदद के लिए जब वह मेरे द्वारे आयी तब?

फिर हेमा दी ने ही सँभाला मुझे—

'यह कदापि ठीक न होता। तू बाद में समझेगी। उस लड़के की आँखों में जाने कैसी चमक भरी थी लोभ, लालच, प्रेम, रोष, हिंसा— मालूम नहीं। और तेरे को पता नहीं चला, वह लड़की गर्भवती थी। यह अविवेकपूर्ण ज़िम्मेदारी होती। तू बच गयी। यह ठीक न होता।'

'क्या?, क्या कह रही हो दी?'

'सही कह रही हूँ। उसके माता-पिता जीवित न होते या कोई पूर्वसूचना, पूर्वाधार होता तो भी कोई बात थी। तू नहीं समझती, आजकल कब क्या हो जाये। कई बार भलाई करने में अपने ही हाथ जलते हैं।'

मैं अकबक! सकपक!

दिल मेरा जार-जार रो रहा था। ऐसी हालत में, जाने कैसे कहाँ भटक रही है? दो कौर तक न खिला सकी। चाय भी केवल लड़के ने पी, वह भी आधी ही।

लड़का!

लड़का!!

यानी बलराम! यानी उसका होने वाला दूल्हा! यानी इतने बड़े घर का होना वाला दामाद! छी: छी: छी: हेमा दी ने कान को हाथ लगाते हुए कहा—न जाति का पता, न धर्म का, ऐसे कैसे कोई लड़की दे दे? मैं घनघोर चुप थी। मनुष्य को हमेशा बाहरी लेबलों से ही तो पहचाना गया है, इसमें नया क्या है? तपते रेगिस्तान में एक बूँद पानी की क़ीमत क्या होती है, यह तो किसी प्यासे को ही मालूम होगा न? फिर मुझे लड़की की चिन्ता थी। समय की गति समय जाने। पाँच-छह साल बीतने को आये। किसे पता था, इतने दिन बाद उस लड़के की आरती स्वयँ हेमा जी को उतारनी पड़ेगी?

गायत्री के आने की तैयारियाँ ज़ोर-शोर से चल रही थीं। हेमा जी के पति और भाई घर पहुँच चुके थे। चिरन्तन की भी लाड़ली थी गायत्री। वे भी रात को पहुँच गये कि मुझे फ़ोन आया। महाराष्ट्र के सोलापुर से फ़ोन था—

'किसी कन्नू को जानती हैं क्या आप?

उनके हृदय का ऑपरेशन है और उन्होंने आपका नाम पता दिया है। एक तकलीफ देनी है, लाख-सवा लाख रुपये कम पड़ रहे हैं। हम सब सहेलियाँ मिलकर यह ऑपरेशन करा रही हैं। अस्पताल ने भी सहयोग देने का वायदा किया है। यदि आप हाँ करें तो हम एक-दो दिन में ऑपरेशन की तारीख़ तय कर दें, अधिक विलम्ब उचित न होगा।'

अंग्रेज़ी में हो रहे वार्तालाप से बस इतना समझ पा रही थी, कन्नू! कन्नू हास्पिटल में?

जाना ही होगा मुझे। चिरन्तन ने भी मेरी हालत देखी तो सुबह स्वयं वह मुझे लेकर चले। शाम तक हम अस्पताल पहुँचे। मेरा अन्तस बार-बार बस एक पुकार से धड़कता रहा था–

'दी, आपसे मदद चाहिए।

देखा उसे। उसके बिस्तर की सफ़ेद चादर की तरह ही उसकी सफ़ेद गोटियों-सी आँखें अधिक सफ़ेद थीं। वीरानी-ही-वीरानी। जितने कम हुए, रुपये जमा कर दिये गये। दूसरे दिन शाम की तारीख़ मिल गयी। सारे दिन उसे ड्रिप पर रख, कुछ जाँच परख के लिए, इधर-उधर ले जाते रहे और जब शाम को नर्स उसे OT (ऑपरेशन थियेटर) में ले जाने के लिए कपड़े बदलवाने लगी, मैं हैरान रह गयी देखकर कि उसके कन्धे, कूल्हे और, और भी एकाध जगह काले गोल निशान, जैसे जलाये गये हों, जली चमड़ी के दाग़ हैं। सरसों तेल की स्वर्णिम आभा से दमकता साँवला सुघड़ा शरीर, अब बेहद कमज़ोर हो चला था। ये दाग़ तब तो न थे? कैसे हैं ये दाग़? उँगली से छुआ-देह तिलमिलाई, निर्विकार आँखों से अब फूट पड़ी धार। ले जाया गया उसे OT (ऑपरेशन थियेटर)।'

मात्र दो दिन मैं उसके पास रह सकी। 'रूना' रोती थी, हेमा दी और गायत्री ने उसे सँभाल रखा था। 'कन्नू' इस होश में न थी कि बातें होतीं। उसकी नर्स दोस्त राजम्मा ने जिसे उसने कभी मेरे बारे में बता रखा था और जिसने मुझे फ़ोन किया था, सारी कहानी सुनायी। सोलापुर में दोनों ने साथ नर्सिंग ट्रेनिंग पायी। राजम्मा अब यहाँ स्टॉफ नर्स के रूप में पोस्टेड है।

उसने तब की स्मृतियाँ साझा कीं कि 'कन्नू' दो साल मेरी रूममेट रही। 'वह' वहीं पास में कमरा लेकर रहने लगा। कई बार वह ख़ून के लोथड़े से सनी रहती। हमने समझाया, शादी कर ले। वह गयी तो थी, लेकिन जाने क्या हुआ? तीन साल और कटे फिर हम सब इधर-उधर जॉब को चले गये। तभी सुना, वह उस लड़के से अलग हो गयी है। आपस में कुछ झगड़े, मारपीट भी हुए थे। फिर जब अचानक इस अस्पताल से उसे निकलते देखा तो पकड़ा मैंने। हाथ लगाते ही बेहोश होकर वह मेरी बाजू में झूल गयी। मैडम, इसकी कहानी सुनकर दहल गयी मैं। वह शरीफ़ दिखने वाला छोटा-सा छोकड़ा बहुत तकलीफ़ दिया इसको। इसका स्टाइपेंड के रुपये भी ले लेता कई बार। मोलेस्टेशन भी करता।

'मोलेस्टेशन? बेतरह चौकी मैं। लेकिन वह तो ख़ुशी से साथ रहती थी न? मारपीट? कैसी मारपीट? मारपीट से अभिप्राय क्या है तुम्हारा?'

'नहीं मैडम। अजीब तरह से... इसको बाँध देता था... और फिर...। इसे लगता, यह उसका बहुत ज़्यादा वाला प्यार है। वह उसी की तो है। वह कुछ भी कर सकता है उसके साथ...।' इतना तक तो कभी-कभी मुझे पता चल जाता। मैडम, हम सब इधर बहुत कुछ सहता। लेकिन दूसरों की सहता। अपना आदमी जब ऐसा पिशाच? वह बढ़ता गया। बाद में कभी जलती सिगरेट से उसको जलाता। तब इसने हल्ला करना शुरू किया। सब छोड़कर भागकर कहीं चली गयी। बड़ी मुश्किल से पीछा छुड़ाया। लेकिन ख़ुद कहाँ सँभल सकी? खोखला शरीर और बेजान कोख।

हम सब सहेलियों ने और अस्पताल वालों ने थोड़ा प्रबन्ध कर ऑपरेशन की जुगत की। लास्ट सिग्नेचर के लिए इसने आपका नाम पता बताया।

ओह! अमानुष! पशु! वीभत्स! कितना घृणित!

मैं सोचती थी, विदेशों में होता है ये सब या किताबें बेचने के लिए हिंसा को चटखदार बनाकर परोसा जाता है। यहाँ तो यह मासूम बेचारी! वह नौकर का बच्चा! और कर क्या सकता था हरामी। अच्छा हुआ, जा मरा कहीं...

राजम्मा कह रही थी, जी, इसके पिता भी अब नहीं रहे। यह ठीक हो जाये, तब इसी हास्पिटल में इसे जॉब मिल जायेगा। हम सब मिलकर बोलेगा सुपरिटेंडेंट से–उस केरलवासिनी ने टूटी-फूटी हिन्दी में बताया।

हम लौट आये। गायत्री आ चुकी है और अपने पिता के साथ शहर में मासी से मिलने गयी है। 'रूना' को साथ लिये गयी है, बच्ची बहलेगी। रात तक लौटेंगे वे। सफ़र की थकान से अधिक 'कन्नू' के जीवन की बोझिलता ने मुझे थका डाला था। मैं ख़ूब देर तक शॉवर के नीचे खड़ी रही और गर्म चाय की प्याली थामे छत पर चली आयी। आसमान में दूर तक तारे नहीं थे। मरियल चाँद मुरझाया–सा एक कोने में टँगा था। ठंडे से कँपकँपी लग रही थी और सुरमई अँधेरा चहुँ दिशा को कालिमा से घेरने लगा था कि एक अस्पष्ट आकृति दूसरे छोर से चलती नज़र आयी मेरे पैरों पर झुक गयी।

'कौन? कौन तुम?'

सकपका कर पीछे हटी कि उछलती चाय की बूँदों को हाथों की ओट देता स्वर बोल पड़ा–'दी, नहीं पहचाना?'

चेहरा देखते ही मैं निश्चल! जड़!

'किसी तरह हिम्मत जुटा लड़खड़ाती आवाज में कहा–तुम? तुम क्या लेने आये अब? हिम्मत कैसे हुई तुम्हारी? नृशंस, हत्यारे! तुम्हारी हिम्मत देखकर चकित हूँ।'

'दी, सुनो! सुनो! पहले मेरी बात तो सुनो!'

हाथ का कप वहीं पटक, मैं धड़ाधड़ सीढ़ियों की तरफ़ भागी। एक अनजानी वितृष्णा से मेरे रोएँ काँप उठे। उसने बोलना जारी रखा, 'आपके लिए ही भिजवायी थी किताब। पढ़ी नहीं न?' सीढ़ियाँ लाँघते क़दम ठिठके।

किताब? कौन-सी किताब?

'गायत्री ने जो लिखी। वह मेरा सच था। गायत्री के पते और बातों से मैं जान गया था, मेरी मुक्ति इस जन्म में सम्भव हो सकती है। उसने चिकित्सा में मदद की मेरी। मैंने भिजवायी आपको। आप तो समझ सकती थीं। अपनी कामिनी दी को आपने भी कम प्यार तो नहीं किया था न?'

मेरे क़दम थम गये। कौन है यह? कामिनी दी? किताब? क्या कह रहा है यह। 'यह जगु काँचो काँच सो।'

गायत्री! गायत्री का बॉस! बलराम। बी.आर. पब्लिशिंग लैंड, हैम्बर्ग, जर्मनी।

बीच सीढ़ियों के, अधमरी फँसी मैं। नीचे काँपते हाथों से दीवार थामी भौंचक हेमा दी। वह कहे जा रहा था–'बहुत चाहता था 'कन्नू' को। बचा लेना चाहता था। दूर भगा ले जाना चाहता था। ख़ूब प्यार मिले उसे, जैसा कभी किसी से नहीं मिला। उसकी वीरान ज़िन्दगी को भर दूँ, लेकिन अपनी वीरानियों से हार गया। दी, प्रतिशोध एक ऐसी हिंसा है, जो प्रेम के जर्रे-जर्रे को बींध डालती है। बिंध जाता था मैं जब किसी रात माँ की वह बेबसी याद आती... कुर्सी से बँधी... निर्वस्त्र और उसका बूढ़ा बाप...। मैं फिर भूल जाता था अपने आपको, अपनी प्रेयसी को। जब समझा, भाग गया। मारा-मारा फिरा। माँ के मरने के बाद देश छोड़ कर बाहर चला गया। तपाया ख़ूब अपने को। दिन-रात मेहनत की। एक साल मानसिक व्याधियों के अस्पताल में रहा। दवाइयों ने जल्दी असर किया, क्योंकि मैं स्वयं लौटना चाहता था। दी, कितना छटपटाया हूँ। काँच के किरचें गड़े होते थे मेरे दिमाग़ में, नसों में और एक वही रूप, आपकी 'कन्नू' का रूप मरने नहीं देता था। साँसों की हरेक तार उससे गुँथी है। उसका क्या कसूर था? मेरा भी क्या कसूर...

प्रायश्चित्त के लिए आया हूँ, यदि इस जन्म में सम्भव हो। आप जो न समझीं तो कोई भी न समझेगा दी...'

सीढ़ियों पर बैठा फूट-फूट कर रो रहा था वह ठिगने क़द, स्वस्थ शरीर और घुँघराले बालों वाला साँवला युवक।

बाहर गाड़ी रुकने की आवाज़ ने हम सबको चौंका दिया। धड़कनें वापस सम पर आती, उससे पहले गायत्री हम सबके सामने थी। मैंने 'रुना' को सँभाला और उसने सँभाली बात। बताया हम सबको उसने फिर, ट्रीटमेंट के लिए उसने उकसाया अपने मेहनती जुनूनी बॉस को। दोनों भाइयों की मेहनत से पब्लिशिंग हाउस को एक ऊँचे मुकाम पर

पहुँचाने वाले शख़्स ने अपने हृदय में जलती प्रेम की लौ को कभी मद्धिम नहीं होने दिया। चिरन्तन अभी भी सन्देह में थे। अभी ही तो देखकर लौटे थे उस 'मासूम' की स्थिति। हेमा दी 'कन्नू' की आधी कहानी जानती ही थीं, चिरन्तन से उसकी दशा सुन सिहर उठी वे। करुणामयी स्त्री ने सोच-समझकर कहा–'अभी ऑपरेशन हुआ है उसका। जा तू...पूछ...पताकर। यदि उसने माफ़ कर दिया, यदि पुनर्विश्वास वह कर सकी, यदि वापस ला सका उसे, तो इससे बड़ी मनुष्यता कुछ न होगी। जा, मना ला उसे। मैं तेरी माँ बनकर बहू को ब्याह लाऊँगी।'

और पाँच दिन बाद। सुबह की थपथपाहट! नन्हे आँवलों की नहीं, चार आँखों में नये सपनों की धमक की थपथपाहट–'दी, अब तो ब्याह करा दो हमारा।'

ढोलकों की गूँज, शहनाई की धुनों से जंगल में बसा वह सरकारी क्वार्टर गुनगुना उठा। सारे पेड़, पौधे, प्रकृति मंगलगान में व्यस्त हुये।

घराती, बराती आमने-सामने।

हेमा दी अब मेरी समधन हुईं।

❑❑